Volker Stutzer

Neue Schlehreuther Geschichten

Volker Stutzer

Neue Schlehreuther Geschichten

Verlag Passavia Passau

Printed in Germany
Verlag Passavia Passau

Gesamtherstellung:
Passavia Druckerei GmbH, Passau
ISBN 3-87616-149-5

INHALT

Schlehreuther Faxen 7
's Roß 15
Der Doktor von Schlehreuth 17
Der Wetterstein und der Hochzeitsstier 21
Der trommelnde Tod 27
Die Feuerwehrgeneralversammlung 36
Der Bischof auf der Jagd 40
Schlehreuther Weihnacht 43
Die Mörderprobe 49
Der Schwanz der Kuh 58
D' Selbern 64
Verwünscht 69
Das Bündel Strohhalme 76
Der Schlehreuther Tod 80
Schlehreuther Parade 89
Oachkatzl's Geschichten 98
Noch ein paar Doktorgeschichten 103
Der Schlehreuther Fuhrmann 109
Die Schlehreuther 116
D' Hofwies 123

Schlehreuth

ist kein Ort, den der Leser dieser Geschichten in der Wirklichkeit des Heute finden wird, obwohl es eine Waldflur dieses Namens in der Gemeinde Wegscheid gibt. Schlehreuth ist mehr ein Zustand als ein Dorf, Schlehreuth ist ein Stück vom Herzen Altbayerns und vor allem des Bayerischen Waldes, und seine Menschen sind nicht Kopien Lebender, sondern Ideen des ewig Menschlich-Allzumenschlichen. Ich wünsche mir, daß sie den schmunzelnden oder vielleicht auch ergriffenen Leser anschauen wie sein eigenes Bild aus dem Spiegel. Dann wird er auch erkennen, daß er selbst es ist, von dem da erzählt wird. Der Stoff zu den Geschichten aber schwebte in der Luft unserer lieben Heimat wie die Fäden des Altweibersommers, und ich mußte sie nur erhaschen und zu einem Tüchlein weben, grade groß genug, die Muße einer gemütlichen Lesestunde zuzudecken ...

Volker Stutzer

Schlehreuther Faxen

Kommt ein Gewitter auf, die Wetterkerze anzuzünden, war in Schlehreuth lange der Brauch, heute verlassen sich die Leut' mehr auf den Blitzableiter und die Versicherung. Soll aber auch vorgekommen sein, daß der abgebrannte Großbauer im Wirtshaus zum Feuerwehrkommandanten und seinen Männern sagte: »Es hat's ma söchene Kampln! 'S ganze Jahr zahl i für enk und ei'glodn han i enk dreimal, Schleich' kaaft und Helma und woß woaß i. Und jetzt, wo mei Hof omoi brennt, da löschts es!«

Die Schlehreuther hegten lange einen Aberglauben des Inhalts, daß man bei Donner und Blitz nicht essen und trinken darf, sonst wird man derschlagen! Nicht jeder glaubte es oder hielt sich daran, der Schosl jedoch hatte eines Tages beim Postwirt im unteren Dorf ein Erlebnis, das ihm zu denken gab. Freimütig erzählte er und sparte dabei auch sich selbst nicht aus. Saß also der Schosl mit anderen Männern am Tisch, einen Teller kalten Braten vor sich, die Maß Bier frisch eingeschenkt. Draußen wurde es »köhschwoaz«, ein Gewitter zog daher von Wildenau, starker Wind beugte die Baumkronen und wirbelte auf der Dorfstraße die dürren Roßbollen samt dem Gutslpapier der Kinder durcheinander. Donner folgte auf Blitz, Blitz eilte schmetterndem Krachen voraus, der Postwirt ging durchs Haus und schaute nach offenen Fenstern, die

Wirtin linste ängstlich nach den Hängegeranien, die wild flatterten wie die zerrupften Haare einer Damischen. Die Männer in der Wirtsstube fühlten sich unbehaglich, denn ihre Höfe und Häuser waren allein in der Obhut ihrer Weiber, aber heimgehen konnten sie nicht, es schüttete mittlerweile wie aus Eimern.

Der Schosl nun, der sich eigenem Bekunden nach »ned uma Weda buckt« hatte gerade ein saftiges Stück kalten Braten zwischen den Zähnen und setzte den Krug zum Schluck an, als ein schmetterndes, reißendes Krachen unmittelbar auf einen grellweißen Schein folgend den Einschlag eines Blitzes im Wirtshaus selbst anzeigte. Dem Schosl, der am Fenster saß, schlug es den Krug aus der Hand, der seinen Inhalt verspritzend weit über den Tisch rollte, um ihm passierte das, was sogar ein Held nicht vermeiden kann – er schiß in die Hose! Kaum waren die Leute in der Stube nach Licht und Krach ein wenig zu sich gekommen, als der Schosl, sein Mißgeschick zu verbergen, eilig hinauslief und dann von draußen den Kopf durchs nun geranienlose Fenster hereinstreckte und rief: »Eig'schlogn hods in d' Mistgruam, aber brenna tuats ned!« Und er verteidigte lange bitter seine Behauptung, der Gestank sei davon gekommen und nicht aus seiner Hose. Später aber hat er es dann doch eingestanden, hauptsächlich deshalb, weil er in Schlehreuth als Orakel und lebender Beweis dafür galt, daß der Blitz tatsächlich den trifft, der bei Gewitter ißt und trinkt!

* * *

Ein Bauernknecht in Schlehreuth wußte genau, wo sein Platz war, und es wäre ihm nie eingefallen, das zu tun, weswegen sich einmal ein paar Arbeiter im Markt Hausenstein eine derbe Rüge einhandelten. Die saßen im Wirtshaus, als am Nebentisch einige Marktbürger erst in ein Wortgefecht und dann in Handgreiflichkeiten verwickelt wurden. Sie hauten sich die Visage voll, fielen unter den Tisch, plärrten und bluteten schließlich aus ihren Nasen. Die Arbeiter gingen dazwischen und wollten dem Geraufe ein Ende machen. Da wölbte aber der Kolonialwarenhändler Moosmüller den Bauch vor und sagte mit starkem Ton: »Es sitzt's enk nieda! Des geht d' Arbeiter überhaupts nix aa, wenn d' Bürger raafand!«

Soweit wie diese Arbeiter wären, wie gesagt, die Schlehreuther Knechte nie gegangen, und deshalb passierte es dem Sepp, Roßknecht beim Kramerbauern, daß er eines Nachts bei der Magd des Hansbauern, der Philomena, genannt Mäni, zu lange blieb und beim Hahnenschrei noch nicht aus der Kammer war. Licht war's schon, und der Bauer ging bereits über den Hof in den Stall, nach der Schecken schauen, ob sie nicht bald kälbert. Derwischen durfte der Bauer den Sepp nicht bei der Mäni, die aber wenig verlegen um einem Ausweg, ihn in eine geflochtene »Fuadakiam« packte und so davonzuschaffen gedachte. Sie hob also die schwere Kiam mit einem Achezer auf den Buckel und ging damit über den Hof, grade als der Bauer aus dem Stall trat. »Morgn, Bauer!« sagte die Mäni und »Morgn, Mäni!« der Bauer, da aber tauchte plötzlich über den

Rand der Kiam das Gesicht des Sepp hervor, mit einem pflichtschuldigen: »Morgn, Bauer!« Dieser schaute einen Moment, aber ehe er's richtig gefaßt hatte, tat die Mäni ein paar Schritte zur Odelgrube und schüttete den Inhalt ihrer schweren Kiepe in die braune Brühe. »Sepp, Depp, i gib' dir an guadn Morgn!« sagte sie, während der Hansenbauer vor Lachen brüllte und später dann dem Kramerbauern, der sich sehr darüber verwunderte, warum sein Sepp im Dämpfkessel für das Saufutter heißes Wasser für ein Vollbad bereitete, ein Licht aufsteckte. Die Schlehreuther in ihrem Mutterwitz nannten den Knecht Sepp lange nur mehr den »Guadn Morgn«.

* * *

In Schlehreuth hatten in der guten alten Zeit die Bauern viel Sinn für »Faxen«, wie sie das nannten, und auch die Muße, sie so richtig auszuleben. Jemand mußte aber irgendwie dran glauben dabei, sonst wäre die Weltordnung schief geworden. Der Fertl und der Hierl kamen zunächst einmal ganz ernsthaft in eine Handelschaft, weil der Hierl eine sehr schöne und sehr große Hundshüttn besaß, die der Fertl gern für seinen »Mingo« gehabt hätte. Der war im Hof angebunden und rasselte mit seiner Kette immer aus dem Hühnerstall, in dem er ein vorläufiges Unterkommen hatte. Der Hierl verlangte zunächst zuviel für die Hundshütten, das jedoch nicht ganz ernsthaft, denn er wollte das Gestreite und Handeln mit dem Fertl erst einmal auskosten. Dieser auch, und so ging es ein paar Tage lang hin und her, bis endlich beide genug hatten (ihre Weiber auch) und die Hundshüttn den Besitzer wechselte. Jedoch verband der Hierl mit dem (schlußendlich doch sehr günstigen) Verkauf eine strikte Bedingung. Der Fertl mußte eine Nacht in der geräumigen Hundehütte verbringen! Da es Sommer war und auch genug Bier die Handelschaft besiegelte, war der Fertl einverstanden, hatte aber selbst noch einen Trumpf beizusteuern. Der Hierl wartete also unter einem Vorwand am Morgen im Fertl seinen Hof, als die Bäurin die Magd Leni hinausschickte mit dem Morgensupperl für den braven Mingo. Statt aber diesen in der so lange besprochenen und erwarteten Hütte vorzufinden, lag der Bauer drin und hechelte so richtig heraus! Die Leni kreischte, ließ den Napf fallen und rannte ins Haus mit dem Geschrei: »Bäurin, Bäurin, da Bauer is narrisch worn ...« Mit einem Stallbesen stellte die Bäurin dann die richtige Ordnung wieder her und der »Mingo« fühlte sich nach kurzem Fremdeln in seiner neuen Hütte wohl. Der Brummschädl der beiden Bauern, die ihre »Faxn« weidlich begossen, hielt länger an.

* * *

Selbst als das Schwarzschlachten streng bestraft wurde, haben es die Schlehreuther nie als Sünde angesehen; es ging bei ihnen nur ums Nichterwischenlassen. Ein Schlehreuther Bauer hatte sich in seinem Wald, weit weg vom Dorf, aber zwischen zwei Wiesen eine Art

Metzgerei eingerichtet, und die Rinder und Kälber, die da geschlagen wurden, hatten sich vorher eben »leider von der Weide verirrt«. Die Sache wurde fast gewerbsmäßig. Guten Freunden tat er auch den Gefallen, und für Fleisch und Wurst kamen Werte in die Bauernhäuser, die vorher nie eine Chance gehabt hätten, mit mehr als dem Namen bekanntzuwerden. Unser Schwarzschlächter hatte aber auch Herz, und so kam er regelmäßig zweimal im Monat beim Gemeindekrankenhaus im Markt Hausenstein vorgefahren und trug, in leinenes Bettzeug eingeschlagen, die dort so dringend erwarteten Köstlichkeiten ins Haus. Die Ehrwürdigen Schwestern, recht streng in Sündensachen, konnten aber gleichfalls das Schwarzschlachten nicht als einer Pönitenz würdig ansehen, vor allem auch, weil sie's für ihre Kranken so dringend brauchten. »Läßliche Sünde« nannte es die Mutter Oberin, und in der Beicht' beim Herrn Pfarrer ging sie so obenhin mit und wurde zusammen mit den wirklich nicht schwergewichtigen Sündlein der frommen Schwestern vergeben.

Unser Schwarzschlächter aber wurde eines Tages Opfer des berühmten »D' Leut reden«, und ein paar Schandarmen wollten ihn abluren. Sie wußten nur redeweis', wo und wie und wer und nix Genaues und Sicheres; den Wald zwischen den Wiesen kannten sie auch nicht, nur hatte ihnen so ein Judas was gesteckt vom Transport in den Markt. Deshalb hielten die Schandarmen einen Pferdewagen auf, bei dem das Stroh bei den Leitern herausschaute und als weiche Unterlage diente für einen erbärmlich jammernden

Kranken, der zwischen hochgetürmten Federbetten sorgfältig und langsam ins Krankenhaus transportiert wurde. Scharf schauten die Schandarmen hin, aber dann winkten sie doch zum Weiterfahren, und auf diese Weise schaffte der Schlehreuther Schwarzschlächter seine Ware ins Krankenhaus. Zum Chefarzt, der dankte und über die Komödie lachte, sagte er: »Herr Dokta, n'Blinddarm doans ma umarasunst außa!« Darauf wartete er allerdings vergeblich, er starb hochbetagt ganz ohne Mitwirkung eines Arztes ...

* * *

Die Schlehreuther hatten ohnehin ein etwas »gebrochenes Verhältnis« zur Staatsautorität, und das wirkte sich für einen Zollgrenzbeamten, den man damals in Erinnerung ans Königreich Bayern noch »Aufschlagnehmer« nannte, fatal aus. Saß er in der »Alten Post« vor seiner Maß, so redeten die Bauern und Knechte recht laut an den Nebentischen über das Vieh aus Österreich, über Salz und Feuersteine und dämpften ihre Stimmen zu einem kaum vernehmbaren Flüstern, wenn Ortsnamen fielen. Der Aufschlagnehmer sperrte seine Ohrwaschl auf und hörte genau, daß sie über den Grenzbach im Bärnloch kommen. Nur lurten er und seine Kollegen dort vergebens, denn die Schlehreuther trieben ihre Ochsen derweil über den Schinderbach und die Ostermühle. Hatte der Aufschlagnehmer aber einmal gemeint, er streicht's ihnen an und ging genau woanders hin, dann kamen die Schlehreuther Schwärzer mit ihren Rucksäcken eben dort über die Grenzstelle, deren Namen sie so ausposaunt hatten. Füchse waren sie schon, die Schlehreuther und manchmal sackgrob.

Das bewiesen sie, als sie im Postwirtshaus zu raufen anfingen und der Aufschlagnehmer, ein starker Mann, der auch dort war, eingreifen und schlichten wollte. Er war noch nicht richtig mit dem Arsch von der Bank losgekommen, als die Schlehreuther in einem Schlaganfall von Einigkeit ihr Raufats unterbrachen, einen großen und schweren Eichentisch hochlupften und dem Aufschlagnehmer hinaufwarfen. Ehe der sich drunter hervorgerappelt hatte, waren die Schlehreuther längst wieder friedlich und sprachen obenhin von dem »Bluatstisch, dem varreckten, der owei glei umfallt.«

In fuchz'g Jahr gibt's andere Leut und andere Schubkarren

’s Roß

Wie’s halt so ist, bei uns passieren die lustigen Stückl, und bei den Nachbarn sind die Haderlumpen daheim. Warum aber die Schlehreuther gleich eine Faschingsgaudi g’richtsmaßig gemacht haben, das weiß der liebe Himmel. Lang ist’s her, lebt noch einer der Beteiligten, lacht er heute drüber.

Einmal ist ein Bauer mit einem Langholzfuhrwerk durch den Ort gefahren, vier Rösser hat er vorgespannt gehabt, weil so schwer aufgelegt war, und langsam ist die Fuhr’ vorangekommen, hinten dran der Stoazleiter, der schwere Arbeit hat und der, wie’s um die scharfe Reim neben dem Rathaus geht, sich ’zammgebogen hat wie eine Fiedel, und am Stoaz hing, daß er das hintere End’ von dem Langholzfuhrwerk nur grad um d’ Reibn bringt.

Hott und eh-Hott und Wüsta und Sakra haben die Fuhrleute geschrien, die Passanten sind stehengeblieben und haben zugeschaut, mit guten Ratschlägen nicht gespart. Hilft nix, das Fuhrwerk ist zu lang, es tut einen Schnalzer und Schepperer, der lange Baum ist in ein Schaufenster hinein, hat noch eine Tafel abgerissen und die Mauer abgeschert. Die Welt ist deshalb nicht untergegangen, werden sich schon geeinigt haben, der Fuhrmann und der Ladenbesitzer, ist eh wurscht.

Aber beim nächsten Fasching in Schlehreuth, da haben die Burschen die ganze Gaudi wieder aufgewärmt und haben die Fuhre nachgespielt. Vier junge Männer haben sich als Rösser ausstaffiert, ein anderer hat den Fuhrmann gemacht und wieder einer den Stoazleiter. Einen langen Baum habens mitgeführt und mit Geschrei und Hallo sind sie um die dieselbe Reiben herum wie der Teufel.

'S Wüsta- und Hottschreien und Fluchen war so echt wie nur grad was, und der Baum war lang und die Burschen übermütig, vielleicht auch ein bißl eingeweicht. Ein paar Zuschauern haben sie die Hüte heruntergehaut, ein altes Weiberl umgerannt, und dann sind sie wieder in dasselbe Fenster hineingerumpelt, hin war's und an der Mauer ein Schaden, und weil die Faschingburschen davon sind und nur Spott und Kosten zurückgelassen haben, ist's g'richtmaßig worden. Tut nix zur Sache, wer's angezeigt hat, aber verhandelt ist's worden in der Kreisstadt, und der Herr Amtsrichter hat alle einvernommen, die noch derwischt worden sind.

Aber zum Herausbringen war nicht viel. So stark wie sie damals geschrien haben bei der Faschingsgaudi, so mäuserlstaad waren sie jetzt, und nix war's mit der wahrheitsgemäßen Aussage vor Gericht. Dem Herrn Amtsrichter ist es zu dumm geworden, und er hat einen der Schlehreuther Burschen angefahren: »Geh weida, du! Warum woaßt denn du garnix, ha? Ist doch bewiesen, daß d' dabei warst, da muaßt ebbs wissen. Warum hast denn nix gsehn?« Und der Schlehreuther Bursch antwortet: »Ja mei, Herr Richter, wissen tua i nix und gsehn hab i auch nix – i bin do a Roß gwen ...«

Der Doktor von Schlehreuth

Leicht hat er's nicht gehabt, der Doktor von Schlehreuth, und wie er angefangen hat gleich nach dem Krieg, da mußt' er viel zu Fuß gehen, weil's ihm kein Motorrad dalitten hat, und von einem Auto hat er nicht mal geträumt! Und weil's weit war zu den Höfen im Wald, da sind schon die Bauern gekommen mit dem Roßfuhrwerk und haben den Doktor abgeholt und wieder heimgebracht.

Und 's Wei vom Doktor hat fest mitgeholfen, die Leut' verbinden und die Krankenscheine abrechnen. So modern waren die Zeiten nicht wie heute, wo die Bauern per Computer ihre Küh' füttern und die Bäurin mit der Fernbedienung 's Ko kocht – vo da Sof' ...

In der schlechten Zeit also war's, wie der Doktor einmal gerufen worden ist zu einer Entbindung, ganz hint' bei der Grenz, nicht weit vom Fuchsloch. Die Loberin hat das Sechste gekriegt, daheim versteht sich, denn die geht noch heut nicht ins Krankenhaus – und wenn's ihr was zahlen dafür!

Die Hefangin war schon da und hat herumgeschaut, ob der Doktor nicht bald kommt, weil sie's schon gemerkt hat, daß es diesmal nicht so leicht geht. »Außa geht's scho, is eini a ganga!« sagt sie zum Lober, aber heimlich wünscht sie den Doktor herbei, und wie er endlich kommt und untersucht, schreit er nach seiner

Tasche, und wie er die Ätherflasche heraustut und ehe er sie aufmacht, fällt ihm noch ein, daß ober ihm das Karbidlicht brennt! Stopft also der Doktor sein Ätherflaschl schleunigst zu und schaut zu der Hefangin hin, die grad dabei ist zum Hinausrennen ...

»Geh, Lober, hol an Schlegel eina!« sagt der Doktor, »daß i dein Wei oana auffihau wie a Sau, daß's net soviel spürt, betäuben kann i's net, sonst segeln ma samt dem Dach davo ...« Macht der Doktor von Schlehreuth also die Dammnaht ohne Betäubung, und wie die Loberin doch ein wenig achetzt, sagt er, bist selber schuld, warum läßt' deinen Mann allweil Kinder machen; könnt er in der Zeit leicht's Elektrisch legen ...

Ohne Betäubung ist's gegangen, ohne heißes Wasser aber nicht, und so schreit der Doktor um eine Schüssel, und der Lober bringt auch eine, aber wie sie's Wasser hineintun, rinnts wieder heraus. Hat die Schüssel ein Loch gehabt, daß d' es mit dem Daumen kaum zubringst ...

Aber die Hefangin hat sich zu helfen gewußt, geht zum Tischkasten, tut einen Schnitz Brot heraus, beißt ein Maulvoll ab, kaut's gut durch und stopft damit das Loch in der Schüssel. Der Lober tut das heiße Wasser hinein, und es hat gereicht zur Entbindung und zur Dammnaht, derweil der Lober zu seinem Weib sagt: »Tut's dir ebba weh? I spür fei nix.«

Der Bub, der damals auf d' Welt kommen ist, ist heut im Gemeinderat von Schlehreuth, und wenn er besonders gescheit daherredet und der Bürgermeister seinen schlechten Tag hat, dann sagt er zu ihm, geh weiter, halt's Mäu, hat d' Hefangin eh ins Wasser einigspirzt, mit dem's die gwaschen ham ...

Der Doktor von Schlehreuth ist ein andermal geholt worden zu einer Entbindung bei einem Weiberts, da ist's nicht nur kurz nach der Hochzeit gewesen, sondern auch »hohe Zeit«. Man sagt, sie hat noch kaum die Hochzeitsschuh ausgezogen gehabt, da ist's Kind schon gekommen. Rennt der Doktor also daher wie ein Brennter und findet das Kind schon halb heraus und nichts hergerichtet. Abnabeln hat er des Balg zuerst müssen, und wie er um was dafür schreit, da wissen sich die Weiber im Haus nicht anders zu helfen und bringen die weißen Schuhbandl vom Hochzeitsschuh, und mit denen hat der Doktor seine Arbeit verricht'. Und glaubt es oder glaubt es nicht, so einen gut verheilten Nabel hat er noch keinmal 'zammbracht!

Einmal passiert es ihm, daß er auf der Straße steht und mit einem anderen Doktor dischkriert, und da kommt der Anderl daher, dersell Bub, den er mit den Hochzeitsschuhbandln abgenabelt hat. Elf oder zwölf war er, und der Doktor schreit ihm und hebt ihm mitten auf der Straße das Pfoad hoch und zeigt dem anderen Doktor, wie schön daß der Nabel geworden ist. Der Anderl hat geschaut wie eine Geiß, wenn's donnert ...

Zuerst ist's ja dem Doktor von Schlehreuth nicht gut gegangen, später aber schon, und er denkt dran, daß er sich ein Haus baut. Fängt also an, draußen vor dem Dorf. Und weil er sich einen offenen Kamin eingebildet hat, schafft er den Maurern einen an, und die Leut', wie sie vorbeikommen, um nachzuschauen, ob die Wohnküch' auch groß genug wird für die Kinder, bleiben stehen und staunen. Ein offener Kamin im Wohnzimmer war was Unbekanntes dermal in Schlehreuth, und so haben die Leut geredet über den Doktor und warum er sich pfeilgrad eine Feldschmiede einbauen läßt in sein neues Häusl ...

Der Doktor war überhaupts einer, läßt sich zu seiner Feldschmiede auch noch ein Bad einbauen in sein Haus, grad so als obs den Spruch nicht geben tät bei uns: Zweimal im Jahr wasch ich mich, ob ich's brauch oder nicht! Ein Bad richtet er sich also ein, und weils grad modern war und ihm gfallt, nimmt er schwarze Kacheln und die Leut', wie sie zuschauen, fragen: Ha, Doktor, is' leicht wahr, daß d' a Leichenkammerln einbaust in dein neues Häusl?

Aber derweil sind ihm auch nicht mehr Leut' gestorben wie den anderen Doktoren. Jetzt ist er ein alter Mann, hat seinen Friedhof voll und setzt sich zur Ruh'. Stirbt er einmal, wird's ihm so gehen, daß ihn St. Petrus vom Himmelstor wegschickt und sagt: Lieferanteneingang ist hint', gelldu!

Dahoam hat da Bettlma' aa a Wei'

Der Wetterstein und der Hochzeitsstier

Die Bauern und ’s Wetter! Fast nicht zum glauben, was da alles geredet wird. Bauernregeln vom Märzenschnee, der den Saaten weh tut und von den hoch oder tief fliegenden Schwalben sind noch nichts gegen das, was sich jeder selber ’zammreimt. Verstehen tut man’s ja eh, wer ist mehr abhängig vom Wetter als der Bauer? Machen kann er’s nicht, ändern kann er’s nicht, der Nachbar ist nicht schuld und noch nichtmal der Regierung kann er’s vorwerfen. Den Herrgott kritisieren traut er sich nicht – was also soll er tun? Selber schaun, wie er mit dem Wetter zurechtkommt, und das heißt, er muß es studieren und wissen, wie’s wird, daß er hinausgeht zum Mähen, wenn’s ausschaut, als ob’s schön wird und nicht, wenn’s regnet ...

Ein Bauer aus Schlehreuth, der hatte einen Wetterstein. Sein Hof stand ein bißl neben dem Dorf auf der Sonnenseite, und die Äcker und Wiesen waren nah dabei, nur eine Streuwiese und der Wald waren weiter weg. Ein schöner Hof wars, und dem Bauern sein Bruder, der ledig war, hat das Bleiben gehabt auf dem Hof und den großen Knecht gemacht, einen kleinen Knecht und einen Fütterer haben s’ auch noch gehabt und eine große und eine kleine Dirn. Kann also nur zu einer Zeit gewesen sein, die vor unserer liegt, denn heutzutage tun der Bauer und die Bäurin die ganze Arbeit allein.

Dieser Schlehreuther Bauer hat ein bißl gesponnen mit seinem Wetterstein. Das war ein großer, viereckiger Stein, der als Schwelle am Roßstall lag. Die Gred war mit großen Steinen gepflastert, und geht man hin zum Roßstall, steigt der Weg ein bißl, und dann kommt der Wetterstein, auf den jeder treten muß, der zu den Rössern hineinwill. Kein Mensch weiß, wie lang der Stein schon dort war, der Bauer hat's auch nicht gewußt, vom Großvater her oder länger war der Stein dort als Schwelle vorm Roßstall und schon ein bißl abgetreten. Aber er hat eine seltsame Eigenschaft gehabt ...

Hat er sie wirklich gehabt oder bildet sie sich der Bauer nur ein? Der Stein wird feucht, ehe daß es regnet. Die meiste Zeit ist der Stein trocken und hell, aber scheint die Sonne noch so schön und verfärbt sich der Stein, wird dunkel und ein ganz bißl naß, dann regnet's garantiert demnächst! Ganz genau hat's der Wetterstein nicht anzeigen können, versteht sich, um einen Tag hat's manchmal gefehlt oder um einen halben, aber sonst war er zuverlässig.

In der Zeit, wo's Wetter besonders wichtig ist, vor dem Haferanbauen, dem Erdäpfelstecken, ehe daß es zum Heuen wird oder vor dem Heimfahren des Getreides, ist der Bauer am Tag ein paarmal zum Roßstall gegangen und hat den Wetterstein angeschaut. Er hat ihn studiert wie ein Büchl, hat mit dem Finger darübergewischt, hat daran gerochen und hat verglichen, wie der Stein in der Früh' war und auf d' Nacht. Kurzum, er war stocknarrisch mit seinem Wetterstein, dieser

Schlehreuther Bauer und hat nichts anders mehr geredet. Kaum steht die Knödlschüssel auf dem Tisch, schon fängt er mit dem Wetterstein an, und im Wirtshaus haben's ihm gedroht, sie werfen ihn hinaus, wenn er nicht aufhört.

Aber es hat gestimmt, was der Wetterstein ihm gesagt hat, das fleißige Studieren hat dazu geholfen, daß der Schlehreuther Hof gut zu führen war und verregnet's dem Nachbarn das Heu oder schneidet er's Korn kurz vorm Wetterumschwung – dem Besitzer von dem Wetterstein passiert das nicht! Da braucht es niemand zu wundern, daß ganz schön staad der Bauer und sein Wetterstein berühmt geworden sind. Nachbarn sind gekommen und haben sich raten lassen, und wenn's damals schon ein Radio gegeben hätte, wer weiß, ob die Radioleut' nicht den Schlehreuther Bauern drum gefragt hätten, was der Wetterstein sagt ...

Einmal aber haben sie den Bauern doch drangekriegt. War's der Bruder, der wo's Bleiben gehabt hat (ein Spaßvogel), oder war's der Futtererbub wegen der Watschen, die er gefangt g'habt hat – der Bauer selber hat's nie herausbringen können. Passiert ist aber dieses: Das Gras ist gut gestanden, und es wird zum Heuen. 'S Wetter war schön, und alle hätten hinaussollen zum Mähen. Aber der Bauer sieht, daß der Wetterstein ganz naß ist. So naß war er noch nie, grad 'tropft hat er! Nix da! sagt der Bauer, der Wetterstein ist naß, regnen wirds und das noch heute. Wir mähen nicht, nachert derwascht's uns das Heu!

Damals hat noch alles gegolten, was der Bauer gesagt

hat, und da braucht es niemand zu wundern, daß an diesem Tag auf dem Hof nicht gemäht worden ist. Die Nachbarn sind alle hinaus, grad warm war's, das Gras hat gedürrt, daß es eine Freude war. Die Nachbarn fragen den Bauern, warum er nicht mäht, es wär das beste Heuwetter. Er sagt, Leut, der Wetterstein ist naß, es wird regnen, wir heuen nicht. Und dabei ist's geblieben. Aber nicht hat es geregnet, grad heiß war es, und die Nachbarn haben das Heu trocken heim, derweil dem Bauern sein Gras noch steht.

Da hat er doch das Zweifeln angefangen an seinem Wetterstein, und lang steht er vor dem Roßstall und schaut dauernd hin. Wie er nun grad so grüblerisch geworden ist, sich bückt und mit der Zunge am Stein hinschlecken will, da springt doch noch sein Bruder dazu und sagt: »Marti, des lossat i. Da hat ebba hibieselt auf den Stoa, damit er naß wird ... I glaub, der zoagt do 's Wedda net o, netta, ob ebba hat bieseln müaßn ...«

Das ganze Dorf Schlehreuth hat eine Woche lang gelacht, und unser Bauer is hinaus wie der Blitz zum Mähen, und wie's bei ihm zum Heuen war, da hat's das Regnen angefangen.

Aus der Geschichte kann man lernen, daß die Schlehreuther einen Spaß verstehen, besonders dann, wenn es der Nachbar ist, den man derblecken kann. Deshalb lachen sie auch heute noch über den Hochzeitsstier vom Metzger Sepp. Der hat recht klein angefangen und jung geheiratet, und deshalb ist es gerade so ausgekommen, daß die Hochzeit angesetzt war zu derselben

Zeit, wo ein schöner Stier bereitgestanden ist, daß sie ihn schlagen und metzgern. Der Sepp hat grade soviel Zeit gehabt, daß er sein schwarzes Gewand anlegt und mit seiner Resi zum Standesamt geht, und dann war auch gleich die kirchliche Trauung angesetzt, damit alles schnell vorbei ist und er wieder zu seinem Stier kommt. Ein paar Hochzeitsgäste sind dagewesen, der Vater von der Braut, der Resi, auch. Auf einmal kommt ein Metzgerbursch daher: Moasta, Moasta, da Stier is davo!

Leer war der Stall, die Tür öffen, fort der Stier! Der Bürgermeister von Schlehreuth wartet, der Pfarrer macht sich schon fertig, aber die Metzgerleut rennen umeindum wie 'gstochen und suchen das Vieh. Nicht zum finden! In größter Aufregung zum Rathaus, niemand hat aufgepaßt, was der Bürgermeister als Standesbeamter alles gesagt hat von ehelicher Liebe und Treue und daß 'zammhalten müssen, bis daß der Tod sie scheidet. Der Sepp und seine Resi, die eine Metzgerstochter war und gewußt hat, was es bedeutet, wenn der Stier fort ist, ehe daß er geschlagen werden konnte, haben im Rathaus dauernd zum Fenster hinausgeschaut und fast vergessen aufs »Ja«-Sagen. Dann sind alle gleich hinausgerannt und zur Kirche, die in Schlehreuth grade vis-à-vis vom Rathaus ist, und der Vater von der Braut stürmt auf den Herrn Pfarrer zu und schreit durch die Kirche: »Herr Pfarrer, toans schnell, uns is da Stier davo!«

Der Herr Pfarrer hat erst ein bißl grantig geschaut, aber weil er ein Seelsorger war, der seine Leut' kennt und vor allem mag, sagt er drauf: »Gibt eh koa Andacht net bei dera Trauung, derweil der Stier net da is. Also verschiam mas. Sucht's halt enkan Stier und i beit daweil – oder bessa, i suach mit.« Und das tut er dann, der Herr Pfarrer von Schlehreuth, und der Sepp, seine Resi, die Verwandtschaft, ein paar Nachbarn und die Metzgerburschen suchen so lang, bis sie den Stier finden auf einer Wiese, wo er friedlich frißt. Treiben ihn heim, schaffen ihn in den Stall, binden ihn gut an, und dann sind sie wieder zur Kirche hinunter.

Bei der Trauung hat es ein klein bißl nach Stall gerochen, aber glücklich sind's worden, der Sepp und seine Resi. Drei Kinder habens, und bei der Silberhochzeit sagt die Resi zum Sepp: »Du, tua ma fei für den heutigen Tag koan Hoazatstier einstelln ...«

Wenn i's eher gwißt hätt, wia gut's Wasser is,
hätt' i'd' Hoamat nu

Der trommelnde Tod

Der Gartnerbauer von Schlehreuth hat seinen Hof in der 21. Generation gehabt, und anno 1488 ist er's erstemal urkundlich erwähnt worden, wie der Zehent ans Kloster neu geschrieben worden ist. In den Heirats-, Tauf- und Sterbematrikeln der Pfarrei waren die Gartnern regelmäßig vertreten, und wo's eine Lücke gegeben hat, dann wegen Kriegsverwüstung oder Dorfbrand. Ist aber später durch Eid und Eideshelfer, auch durch »Zeugniß aus eigenem Anerkennen und gewissem Wissen« der jeweiligen Pfarrherren wieder rechtmäßig und urkundlich richtig geworden. Der jetzige Gartnerbauer hat deshalb in der Stub'n seines großen Hofs, schön gerahmt und unter Glas (wobei die schwarzen Punkte der Fliegenschisse niemanden gestört haben) zwei Urkunden an der Wand hängen gehabt. Die eine war die schwer lesbare, stellenweise schwarze Kopie dieser Urkunde von 1488, die andere sehr schön gedruckt in drei Farben, gesiegelt und unterschrieben das Ehrendokument von Bauernverband und Landesregierung. Verliehen anläßlich des Jubiläums: »500 Jahre Gartnerbauer auf seinem Hof«. In der Zeitung hat's gestanden, und den anderen Bauern hat's teils gestunken, und teils haben sie sich mitgefreut. Waren noch einige da, die an den Fingern die Generationen abgezählt haben, die schon gleichen Namens auf ihren Höfen sitzen.

Mag man's kaum raten, wie es die Gartnern immer wieder fertiggebracht haben, in jeder Generation Söhne zu kriegen und zu behalten, es war so, und auch der jetzige Gartnerbauer hat nie gezweifelt, daß sein Sohn, der Hias, den Hof übernimmt und weiter d'rauf haust in der dann 22. Generation. Zwar war der Hias der einzige Sohn und auch das einzige Kind, weil die Bäuerin bei seiner Geburt gestorben ist und auf der zweiten Ehe des Wittibers kein Kindersegen lag, sind sie auch hingewallfahrtet wo auch immer. Hat aber auch sein Gutes auf der andern Seit'n, meint' der Gartnerbauer oft zu seiner Frau, gibt's keinen Streit nicht und kein Hinauszahlen von Geschwistern, der Hof bleibt unbelastet und ungeteilt.

Deshalb hat's den Gartner erwischt wie ein kalter Wetterstrahl, wie der Hias ihm mit einem verlegenen Grinsen beim Silo sagt, daß er den Hof nicht will, er kann ihn geben wem er mag, er, der Hias, hat sich um eine Arbeit in der Stadt geschaut und heiratet ein Mädchen, das er in der Disko kennengelernt hat und die auch arbeitet. Sie wollen es bequemer haben als wie ein Bauer und reisen und Urlaub machen und nicht dauernd im Stall angehängt sein. Wie's der Gartner richtig verstanden gehabt hat, fühlte er sein Herz schwer und langsam schlagen und es war ihm kalt um den Bauch und die Beine hinunter. »Schlaf drüber, dummer Kerl ...«, hat er dem Hias über das Silo zugerufen und einstweilen der Bäurin nichts gesagt. In der Nacht, die darauf gefolgt ist, hat es angefangen.

Es war ganz still in Haus und Hof, nur aus dem

Viehstall kam das Rascheln der Kühe und leises Klirren der Ketten, und weit aus der Ferne brummte ein Motorrad. Der Gartner lag noch wach und versuchte, seine durcheinandertaumelnden Gedanken zu ordnen, da hörte er es. In den dicken Steinwänden des alten Hauses trommelte es. Erst war das Geräusch ganz leise und etwas wirr, als ob einer erst üben muß auf der Trommel und die Schlegel durcheinanderbringt, dann wurde es lauter, kräftiger, bekam einen Rhythmus und etwas Drängendes. Der Gartner setzte sich kerzengerade auf im Bett und weckte damit auch seine Frau. Die sah im fahlen Licht seine schreckensstarren Augen, aber ehe sie was fragen konnte, kam das Trommeln wieder und diesmal ganz laut aus allen Wänden zugleich. »Tamm, tamm, tamm – ramm, damm, ramm, tammtataram ...« hörten es die Gartnern, und das Herz blieb ihnen fast stehen.

Es kam ihnen so vor, als ob ein unsichtbarer Trommler im Haus herumzöge, die Treppen hinauf und hinab und durch alle Zimmer, mal war das Geräusch weiter weg, dann wieder ganz nahe, und oft hörte es sich an, als ob der Trommler die Wände hinauf und die Decke entlangmarschierte. »Alle guten Geister steht mir bei!« kreischte die Bäuerin und sank in ihre Kissen zurück, aus denen sie herausgurgelte: »Heilige Maria Mutter Gottes hilf ...«. Und sie mischte alle Gebete, die sie seit der Kindheit automatisch gelernt hatte, durcheinander, weiß im Gesicht mit kaltem Schweiß auf der Stirn. Ihr Beten verscheuchte aber den Trommler nicht, er schlug wilder als vorher auf das unsichtbare Kalbfell, und es kam den beiden schreckensstarren Leuten so vor, als ob das Haus zitterte und die Wände vibrierten. Gartner schlug ein Kreuz nach dem anderen, und als seine Frau einmal mit den Weinen und Beten aufhörte, da vernahm sie ihn fast unhörbar flüstern: »'S ist der trommelnde Tod ...« und dann schluchzte der Bauer zum Herzzerreißen und zitterte wie esper's Laubert ...

So laut war das Dröhnen, daß das Vieh im Stall unruhig wurde, brüllte und in den Ständen stampfte, daß die Hunde der Nachbarn schrill jammerten und klagend heulten und überall in den nächsten Häusern die Lichter angingen. Es entstand ein Aufruhr in Schlehreuth wie nicht mehr seit dem großen Brand, und als der Herr Pfarrer, von der Köchin geweckt, nur gerade mit einem übergeworfenen Mantel bekleidet, erschien und das »Terrummtammtamm – rattatummdamm« aus den Mauern des Gartnerhofs hörte, da machte er ein Kreuz nach dem anderen und ging dabei schrittweise zurück – mit ihm die Menge. Auch der Herr Pfarrer sagte: »Der trommelnde Tod ...«; und es tropfte ihm aus den Augen. Mit lautem Beten, untermischt mit Weinen und Klagen, brachten die Schlehreuther die Nacht hin, und als der Gartnerbauer und seine Bäurin aus dem Haus rannten wie gepeitscht, da machten die Leute eine Gasse für sie und bekreuzigten sich wie vor dem Teufel. Der Herr Pfarrer brachte die Gartnern in den Pfarrhof, und mit dem aufkommenden Sonnenschein zerstob der Spuk, und jetzt merkten's erst die Menschen, daß schon lange kein Trommeln mehr herausgedröhnt hatte aus den alten, dicken Mauern des Hofs. Der Gartner Hias aber stand am Morgen nach seiner Gewohnheit nach gutem Schlaf auf und ging in den Stall, wunderte sich über das aufgeregte Vieh, die Unordnung und daß der Vater und die Stiefmutter nicht da waren, die Haustür offen und die Beete im Vorgarten zertreten.

Wie sich die Aufregung legte, wuchs die Hoffnung der Gartnern und der Schlehreuther, daß nichts von dem Trommlerspuk bekannt würde und alles gleich wieder so ruhig und friedvoll sei, wie immer. Aber in der nächsten Nacht, kaum schlug's zwölf vom Kirchturm, trommelte es schon wieder aus den Mauern, und diesmal half kein Beten mehr, die Gartnern rannten davon und vergaßen auf den Hias, der eingeschlafen war und erneut nichts hörte, am anderen Morgen erstaunt war und dann recht ungnädig die endlich wieder heimkommenden Eltern fragte, was eigentlich los ist. Da setzte sich der Vater mit seinem Sohn in den Garten unter die Linde, denn er getraute sich im Haus kein Wort zu sagen, die Mutter trug etwas Most zu und blieb an den Stamm gelehnt stehen. Der Gartnerbauer suchte nach Worten und sagte dem Hias, daß es auf dem Hof seit langer Zeit einen Spuk gibt, den man den trommelnden Tod heißt und der nur zu hören ist, wenn der Bauer oder sein Erbe sterben müssen. Und zwar gewaltsam, nicht den Tod des müde gewordenen Alters. Zuletzt hat es getrommelt im 70er Jahr des vorigen Jahrhunderts, da ist der Gartnerbauer bei Gravelotte von einem Franzosen mit dem Bajonett erstochen worden, derweil sein Bub noch ein Schulkind war. Und in der Familie wurde erzählt, daß in der Napoleonzeit der älteste Gartnerbub hinter den Reitern hergerannt und dabei in einen Wassergraben gefallen und ertrunken ist, da trommelte es schon ein paar Tage vorher aus den Mauern, daß es Gott derbarmte. Ein zweiter Sohn war auf dem Hof, der erbte. »Und du bist allein da ...«, sagte der Bauer, »wenn der Trommler nicht mich meint!« Die Bäuerin weinte an den Lindenbaum gelehnt zum Herzbrechen, und der Hias starrte auf seinen Vater und das Haus, als ob er nichts versteht.

Er ging zum Pfarrhof hinüber und bat um geistlichen Rat und Beistand, und der Herr Pfarrer, der schon lang' in Schlehreuth lebte und vieles gehört hatte und wußte, sagte dem verstörten jungen Menschen manches von den Unerforschlichkeiten und Unergründlichkeiten des Lebens, die Gott dennoch zuläßt, damit die Menschen seine Größe erkennend anbeten. Und der Herr Pfarrer kannte auch die Geschichte, die vom trommelnden Tod erzählt worden war und die nun seit dem 70er Jahr des vorigen Jahrhunderts über all den Kriegen und dem Leid und der Not in Vergessenheit fiel. Es war gleich nach dem Dreißigjährigen Krieg, im 1649er Jahr, als hier entsetzliches Elend herrschte und noch der Schwarze Tod dazukam, der trotz der Leere des Landes von Menschen sich wie auf Flügeln fliegend ausbreitete und in die Dörfer einbrach wie der Wolf in die Schafhürde. In Schlehreuth und bei den Nachbarn starben so viele Menschen, daß man sie gar nicht in Gräbern beerdigen konnte, sondern eine große Pestgrube machte draußen auf den Feldern an der

Kreuzung und sie alle hineinlegte, ohne Hemd und daß sie vorher auf dem Brett geruht hätten. Eingegattert hat man den Pestfriedhof dann und eine Säule dahingestellt, die noch heute die »Godasäuln« heißt, obwohl schon längst Felder und Straßen sich dort ausbreiten, wo die Opfer des Schwarzen Todes der Auferstehung und Barmherzigkeit Gottes harren.

Weiter erzählte der Pfarrer, daß damals ein versprengter Soldat, der seine Muskete weggeworfen hatte, aber noch eine Trommel trug, nach Schlehreuth kam und im Gartnerbauernhof um Hilfe in Gottes Namen bat. Die Bäurin, der eine Tochter schon gestorben war und der der Mann krank lag, schaute den Trommler an und merkte, daß er bereits den Schwarzen Tod im Gesicht trug. Aber sie ließ ihn in die Höh'kammer, brachte eine heiße Suppe und nasses Leinzeug und wusch den Soldaten. Der redete schon im Fieber, fingerte auf seiner Trommel und jammerte nach den Sakramenten. Da ließ die Bäurin alles liegen, eilte zum Pfarrhof und brachte den widerstrebenden Pfarrverweser her, denn der Pfarrer war schon am Schwarzen Tod gestorben. Der Soldat beichtete und erhielt die Absolution und legte seinen Kopf auf die Trommel, da schrie der Bauer aus seiner Kammer und auch das wirkte der Pfarrverweser und ging hin und her zwischen den Sterbenden mit Trost und der Totenzehrung.

Der Trommler ächzte, er hätte schon gemeint, mit allen Sünden ohne Reu' und Beicht' und Vergebung in die Hölle fahren zu müssen, er danke für Hilfe und Beistand und flüsterte, man werde ihn immer hören auf dem Hof, wenn's ans Sterben geht vom Bauern oder Erben, damit sie nicht ungetröstet dahinfahren ohne Sakrament und Absolution. Der Soldat richtete sich über seiner Trommel auf und schlug einen lauten, wirren Wirbel, und dann starb er schreiend. Auch der Bauer tat seinen letzten Seufzer in dieser Minute.

Ernst sagte der Pfarrer zum Hias, daß Gott solche Wunder und Zeichen zuläßt und sich darin offenbart, was die Menschen sonst nicht sehen und hören wollen. Oft habe er nicht getrommelt, der Todesanmelder, sagte der Pfarrer weiter, aber immerhin stets dann, wenn ein gewaltsames Sterben bevorstand und Bauer oder Erbe in Gefahr waren, ohne Beistand der Kirche ihre Sünden ins Jenseits mitzunehmen. Besinn dich, Hias, sagte der Schlehreuther Pfarrer, daß du das Zeichen recht deutest und sei deinem Herrgott dankbar für Mahnung und Warnung, wenn's auch schrecklich ist, dieses Trommeln zu hören ...

Der Garnter Hias ging heim auf seinen Hof und sagte zum Vater, jetzt wisse er's genau, daß er nicht hierbleiben kann, Auf dem Hof spukt's, und das ist eine Narretei und die Wissenschaft hat längst herausgebracht, es handelt sich um etwas, das aus dem Menschen selbst herauskommt, um eine »Projektion«. Wenn der Vater das Trommeln gehört hatte (die Stiefmutter, die Nachbarn, das Vieh und die Hunde vergaß der Hias), so ging's ihn an und wenn überhaupt, sollte der Vater beichten und kommunizieren und seinen Frieden machen mit sich und der Welt – »ebba hat der Tod für dich getrommelt ...«

Das sagte der Hias, obwohl er dabei ein flaues Gefühl im Magen hatte, setzte sich auf sein Motorrad und fuhr weg zu seinem Dirndl in der Stadt. Aber nur fünf Minuten später hörten der Gartnerbauer und die Frau schon die Sirenen des Rettungswagens, und ehe daß noch jemand zu ihnen auf den Hof rennen und schreien konnte, daß der Hias unten in der Reib'n an einem Baum gekracht ist, wußte der Gartner schon, was der Tod getrommelt hatte, schlug mit den Fäusten an die Hauswand und jammerte laut.

Der Tod hat nie mehr wieder getrommelt auf dem Gartnerhof, denn der wurde verkauft, und heute sind andere Leute drauf, die nichts gehört haben vom Pestjahr 1449, dem Trommler und seinem Tod.

Des is a langsam's Sterbn, wennst von am Maurer im Taglohn umbracht wirst

Die Feuerwehrgeneralversammlung

Sogar bei der Zeitung kommt's vor, daß einer Urlaub hat, und wie das einmal auf mich zugetroffen hat, da fällt dem Chef drin z' Passau nix Gescheiteres ein, und er schickt mir einen Preißn als Vertretung. Wie kommt denn der zu einem niederbayerischen Lokalblattl, werd's ihr fragen, aber die Antwort ist ganz leicht. Heutzutage arbeiten bei den Zeitungen »junge, dynamische Teams«, aber solchene gibt's nur nördlich des Mains und die, weils bei uns ja schön ist, versammeln sich alle in der Zentrale. Aber zur Urlaubsvertretung müssen s' doch auch einmal 'naus, dorthin, wo d' Leut arbeiten. Und das ist auch der Grund gewesen, weil ich meinen Urlaub hab' abbrechen müssen ...

Bin nämlich grad' drei Tage fortgewesen, da haben s' mich schon wieder heimgeholt und gesagt, nix mit dem Urlaub, mußt warten bis wir einen Eingeborenen kriegen als Urlaubsvertretung oder einen Dolmetscher für unser »dynamisches junges Team«. Dein Vertreter ist dort davon, er versteht nix und hat in der Zentrale gesagt, er »bleibt keine Stunde mehr bei diesen Banausen!«

Und zu mir hat er gesagt: »Mein lieber Kollege, was soll denn das bedeuten? Was sprechen diese Leute da draußen für 'ne Sprache, sagen Sie mal? Ich denke doch, mich laust der Affe, wie ich da drinsitze in der Generalversammlung in ... Dingsbums, na, Sie wissen schon, das Kuhdorf da hinten am Wald, wo die schlechte Straße hinführt. Ich konnte doch glatt keinen Bericht schreiben über diese welterschütternden Wichtigkeiten, weil der Kerl da irgend ein Botokudisch geredet hat, aber nichts, was ich verstehen konnte ...«

Das hat mich neugierig gemacht, und wie ich 's nächste mal hinauskomme nach Schlehreuth, da frag' ich den Bürgermeister, was los war. Der hat erst einmal a Gsätzl gelacht, und dann hat er gesagt, daß der Preiß pfeilgrad die Feuerwehrgeneralversammlung derwischt hat und – »kennts 'n eh, den Kommandanten!« hat der Bürgermeister gesagt und hat mir ausgedeutscht, wie es wahr, damals.

Der Feuerwehrkommandant von Schlehreuth ist der Zauner, den nennen s' nach seinem Hof »'n Goitn«. Der hat sich hingestellt und zu seinen Leuten geredet, derweil der Preiß, der mich hätt' vertreten solln, die Luser aufmacht zum Mitschreiben.

Sagt der Goitn: »Es Kreuzhimmin, des sog i enk, wenns ma net bessa zu de Übungen kemmts, na kinnts mi am Oosch lecka mit dera Kommandantengaudi, des mirkts enk! I steh drausd mit zwee Manschkei und dem neian Auto, aber kemma is neamd. Da Buagamoasta wollt zuaschaun bei der Übung, aber mir stengan uns netta d' Füaß in Bauch, weils es net kemmts, wenn ma enk eilood. I kann doch net bei jeder Übung an Hektoliter Bier ausschenka, was denkts enk denn ös, hamma eh scho d' Hälfte vom Feuerwehreta vasuffa! Jetzt bin i scho drei Jahr Kommandant, aber so schlecht is da Besuch bei dene Übungen no nia gwen, was habt's denn, lassen enk heit d' Weiber garnimma außa aus da Lucka, ha?

Wenns wirkli brinnt, na müaß ma do aa ausrucka, oder trauts enk dann aa net weg vom Bettzipfel und vom Wei? In Iarda is wieder an Übung und i laß d' Sirene recht lang büüülln, daß es ja hörts, und wenn i dann wieder alloa drausd bin mim Maschinisten und oan Manndei, dann suchst enk an nei'n Kommandanten, gell Buagmoasta!

Und was i no hab sag wolln, neue Helme kriagn ma, de leichten i da Nacht, der Kreisbrandinspektor hat gsagt, de braucha ma, i waoß net, warum, mei oida Helm, hats ma owei nu taa, aber wenns da KBI sagt, dann miaß mas packa, obs uns schmeckt oder net. Ka eh aa net schodn auf der annern Seitn, denn wenns enkere Leuchthelm ins Schlafzimmer hängst, dann finds es Haferl besser und rennts es net owei um …«

»Jetzt sag einmal,« hat der Bürgermeister gemeint,« was hättst denn du i'd Zeitung gschriem, wennsd dabei gwesen wärst?«

»Das kann ich dir gleich sagen«, antwort' ich ihm drauf, das hätt' in der Zeitung gestanden: »Der Feuerwehrkommandant von Schlehreuth bat darum, daß künftig die Übungen etwas besser besucht werden, und er verwies darauf, daß beim Ernstfall nur dann wirksam geholfen werden kann, wenn alle Wehrmänner an den neuen Geräten eingeübt sind. Er bat in diesem Zusammenhang um das Verständnis der Ehefrauen der Wehrmänner für die häufige Abwesenheit bei Übungen. Der Kommandant kündigte auch an, daß neue Leuchthelme eingeführt werden und bezeichnete sie als sehr nützlich. Er regte an, sie in den Schlafzimmern aufzubewahren, damit sie im Alarmfalle schnell greifbar sind ...«

»Ja richtig, so gehört sich's!« hat der Bürgermeister geschrien und mir so in den Buckl hineingehaut, daß ich gepfiffen hab', »aber dein Vertreter, der Preiß der, der hat überhaupts keinen Bericht nicht in die Zeitung hineingetan, derweil sind mir auch Kundschaft und Inserenten, gell, des sagst drin z' Passau!«

Nach und nach macht der Bauer d' Kinna –
da Häusler, wenn er grad Daweil hat

Frag' net lang, wo d' Katz schlaft, wenn's deine
Mäus fangt

Der Bischof auf der Jagd

Fast wäre es geglückt, in Schlehreuth ein Altertum zu bewahren, das an längstvergangene Zeiten erinnert. Nur leider hat man im letzten Krieg so dringend Leder gebraucht zum Schuhflicken, daß dem Passauer Fürstbischof sein Tragsessel hat dran glauben müssen.

Schlehreuth gab es schon, als die Äbtissin von Niedernburg hier kolonisieren ließ und erst recht, als das »Land der Abtei« zum Fürstbistum Passau kam. Und weil die Wälder und Felder reich an Wild waren, und alles Seiner Gnaden, dem Bischof, gehörte, kam er oft hinaus mit großem Gefolge, und laut schallten die Hifthörner über die Berge und echoten in den Tälern rings um Schlehreuth. Weil aber die Fürstbischöfe in Passau meist recht beleibte Herren waren, das Gehen ihnen schwerfiel und außerdem ihrer Würde abträglich war, so mußten die Schlehreuther einst einen ledernen Tragsessel machen und immer bereithalten.

Der bestand aus zwei starken hölzernen Stangen, zwischen denen aus kräftigem Leder gefertigt und mit einfachen Verzierungen versehen der Sitz hing. Hinten ging er höher hinauf wie die Lehne eines Sessels und wenn der Bischof kam und sich hinstellte, so gingen die Schlehreuther vorsichtig von hinten auf ihn zu, senkten den Ledersitz tief herab, bis der Arsch seiner Gnaden des Bischofs gerade darüber sich befand, und nach dem Kommandoruf des Hofmeisters hoben die vier starken Schlehreuther Burschen hoch und schafften den erst ein wenig hin- und herpendelnden Kirchenfürsten hinaus ins Revier.

Dieser Ledersessel nun, der einer ganzen Reihe jagender Bischöfe diente, ohne daß man heute noch wüßte, welcher Nimrod im geistlichen Gewand ihn einst orderte, überstand die Napoleonzeit, die Auflösung des Fürstbistums Passau und alles, was danach kam. Und im Hanslbauernhaus in Schlehreuth wurde der mittlerweile sperr und ein wenig ranzig gewordenen Tragsessel aufgehoben und immer neuen Kindergenerationen gezeigt. Bis schließlich im letzten Krieg das Leder so rar wurde, daß aus dem fürstbischöflich-passauischen Tragsessel für die Schlehreuthher Jagd Schuhflicken wurden. Sic transit gloria mundi! Und das würde den lateinliebenden Herren in der Residenz zu Passau sogar gefallen haben ...

Nun aber gab es einmal einen Fürstbischof in Passau, der mehr als alle seine Vorgänger und Nachfolger der Jagd oblag. Nichts interessierte ihn richtig, weder die barocken Feste in »Freudenhain« noch die Kartenspiele in der Residenz, die Regierung des Bistums schon überhaupt nicht, von den Welthändeln fühlte er sich gestört und schickte seine Domherren an den Kaiserhof zu Wien, damit eine Ruh' wird! Wie er hieß, der jagdfreudige Bischof? Wird wohl nichts zur Sache tun, ist schon genug der Ehre, daß sein Andenken hier fortlebt und besonders in Schlehreuth. Denn dorthin ließ er sich besonders gern bringen, nicht nur wegen des Tragsessels, den schwitzende Bauernburschen trugen, sondern vor allem wegen des Wildreichtums. So stark war die Jagdleidenschaft des Bischofs, so mitreißend wirkte sie auf seinen Hofstaat, daß jedesmal eine große Menschenmenge herauskutschiert wurde in den Waldwinkel und für ein paar Tage das geruhsame Schlehreuth zur barocken Hofhaltung wurde und Junker, Damen, Jäger, Piköre, Hundeführer und Treiber durcheinanderwurrlten.

Und wieder einmal war es soweit; schwer saß Seine Gnaden, der Herr Bischof, auf seinem Jagdstuhl und wartete, bis das Wild von den schreienden Treibern aufgescheucht würde, um vor der Büchse des hohen Herrn zu erscheinen, um sich untertänigst erlegen zu lassen. In Reihe schwärmten die Hofleute und Prälaten, und es knallte und rauchte überall im Walde.

Da! Auf einmal lautes Schreien und Zusammenlaufen, eine Menschentraube bildete sich um einen Schlehreuther Treiber, der von einem ungeschickten Schützen getroffen, sich in seinem Blute am Boden wälzte. Die ganze Hofgesellschaft stand starr da – der Kirchenfürst selbst brach sich Bahn durch die hilflose Menge, sah den heftig blutenden und zuckenden Treiber, erkannte sofort, was hier nottat und rief mit starker Stimme: »Der Mann stirbt ja, holt einen Priester! Ein Priester muß her!«

Nun, das erzählt man sich noch heute in Schlehreuth, nicht aber, wer den Mut, die Verwegenheit, die Tollkühnheit aufbrachte, Seine Gnaden, den Fürstbischof von Passau, daran zu erinnern, daß er selbst geweiht war ...

Schlehreuther Weihnacht

Wo die Schlehreuther Fluren zum Bach hin abfallen, die Streuwiesen sind und zwischen der Erlen und Birken die Spielhähne balzen in der ausdämmernden Vorfrühlingsnacht, ist die Grenze. Kaum sieht man sie, nur ein paar weiße Steine stehen halb überwachsen da, und wer die Jahreszahl 1765 'drauf lesen will, muß nahe herangehen. Die Zahl interessiert die Schlehreuther wenig, sie wissen's nur redeweis', daß damals zwischen dem Fürstbischof von Passau und den österreichischen Herren ausgemacht worden ist, was jedem zugehört, den Untertanen war's ziemlich wurscht, obgleich noch heute d' Leut' sagen, unterm Krummstab läßt sich's gut leben ... Und das wollten die Schlehreuther auch heutigentags, Bauern und Häuslleut, und deshalb war bei ihnen das Schwärzen oder Schmuggeln so eine Art Sport. Vom schlechten Gewissen sind die Schlehreuther nicht gepeinigt worden, im Gegenteil, sie haben mit ihren »Gängen« gern geprahlt, vor allem, wenn's Bier aus ihnen geredet hat, und dem Aufschlagnehmer haben sie den schweren eichenen Tisch im Wirtshaus hinaufgeschmissen. Auch als aus den königlich-bayerischen Aufschlagnehmern republikanische Zollgrenzbeamte geworden sind, hat sich nichts geändert. Die Schlehreuther sind zum Schwärzen hinaus und die »Grünen« auch, um sie daran zu hindern oder sie zu erwischen. Das Glück wechselte von einer Seite auf die andere, einmal haben die Schlehreuther gelacht und dann wieder die Grenzer. Kaum ein Haus im Dorf, aus dem nicht wenigstens ein Mannsbild eingesperrt worden ist. Nicht daß sie richtige Feinde gewesen wären, aber gemocht und getraut haben sie sich nicht, die Schlehreuther und die Grenzer. Sitzen einmal welche beim Bräu vor ihren Deckelgläsern, reden die Bauern und Arbeiter recht laut, daß »de Beamten netta lebn von unsane Steuerköschten …« und nie ist's vorgekommen in Schlehreuth, daß nach dem Sauschlachten ein Kind mit einem blechernen Teller vor der Tür des in der Nachbarschaft wohnenden Grenzers gestanden hätte, dampfende Leber- und Blutwürst vor sich hinstreckend samt einem saftigen Schweinsbraterl und gesagt hätte: »An scheena Gruaß vo da Muatta, da waar' a Bröckl Fleisch …« Obwohls der Lehrer immer wieder mit innigem Behagen erlebte …

Zu dieser Zeit ist in Schlehreuth gerade der neumodische Christbaum aufgekommen, den die Bauern, Häusler und Arbeiter vorher nicht gekannt haben, ebensowenig wie eine Bescherung der Kinder. Das Sackerl Nuß', Kletzenbrot und einfache Leckerl, das der Krampus dagelassen hat, wenn der Niklo und die »Bledagoaß« wieder gegangen waren am 6. Dezember, hat es tun müssen. Nach der Christmette hat's eine gute Suppe gegeben, einen Braten und Kuchen hintnach, und wenn die Eltern es besonders gut gemeint haben, dann legten sie den Kindern einen Lebkuchen hin mit aufgepapptem bunten Bild von Engerln oder dem Christkindl. Aber der Christbaum war halt garzu schön, und Mangel an zimmerhohen Fichten und wächsernen Kerzen gab's nicht. Deshalb haben die Schlehreuther Mannsbilder die unteren, breiten und dicken Äste des Christbaums mit ein paar wuchtigen Schlägen auf den tannenden Stubenbrettern festgenagelt, und die Mutter hat Strohsterne und Leckerl drangehängt. Die Kinder aber haben versucht, bei den Ritzen unter dem Türtritt durchzulinsen, ob schon die Kerzen brennen …

Der Wahrheit zuliebe muß man sagen, daß diese neue Form, das Christfest zu feiern, von den Beamten ins Dorf gebracht worden ist, denn die Grenzer sind oft versetzt worden und kamen aus der Fremde mit anderen Bräuchen, die die Schlehreuther erst »damisch« fanden und ablehnten, später neugierig beobachteten und dann nachmachten. »De Kinna gfoits« sagten sie dazu und hätten nicht zugegeben, daß sie es auch mochten, dazusitzen vor dem Bockbierglas und der Bratwurst und dem Spiel des Kerzenlichts vom Baum zuzuschauen.

Da kam einmal wieder ein Weihnachten heran, es war eine böse, arme Zeit, den Beamten hat das Geld nicht gelangt, aber auch bei den Schlehreuthern klingelten keine Goldfüchse mehr im Kasten. Die Leinwand wurde verbraucht für Bettzeug und Kinderhemden, das Wachs verkauft, und die Leckerl wurden zur Kostbarkeit. Früh hat's obag'schneibt, und tief in den himmlischen Federbetten waren Dorf, Wald und Felder versunken. Das Schwärzen hat schon professionelle Ausmaße angenommen, vor allem Schnaps und Feuersteine haben's über die Grenze getragen, und den Beamten ist streng aufgetragen worden, nur ja gut aufzupassen und die »Grenze zu sichern«. Das war keine leichte Aufgabe in diesem harten Winter, die Beamten hat's gehungert und die beiden Männer, die es am Hl. Abend getroffen hat, daß sie hinausgehen müssen in die dunkle, kalte Nacht, haben sich elend gefühlt. Die Mantelkragen haben sie hochgeschlagen und die Mützen tief ins Gesicht gezogen gegen den Böhmwind, der mit den daherstürmenden Schneekristallen tausend kleine Messer hatte, um wehzutun. Aus dem Dorf sind die beiden Grenzer hinausgestapft und bald schon in tiefen Schnee gekommen. Am Waldrand haben sie sich entlanggedrückt, weil's da noch am leichtesten ging und dann »postiert« nahe dem einschichtigen Haus, von dessen kleinen Fenstern aus man einen Apfel hätte über die Grenze schmeißen können, so nah' stands. Heut' werden wohl keine kommen, sagten die beiden Männer zueinander und traten von einem Bein aufs andere. Der gefrierende Atem verwandelte ihre Bärte in Greisenhaar, und leise redeten sie miteinander von der schlechten Zeit und den Kindern, die diesmal allein »Stille Nacht« unter dem kleinen Christbaum singen müssen und kaum etwas auf dem Gabentisch finden. Dunkel war's im Wald, und nur die manchmal von den tief herabgebeugten Ästen herunterfallenden Schneeplacken machten ein Geräusch. Die Männer hoben die Gesichter gegen den Himmel, ließen es draufschneien und leckten dann das kühle Naß ab. Im einschichtigen Haus an der Grenze dämmerte ein trübes Licht, und manchmal waren Kinderstimmen und der Klang einer Mundharmonika zu hören, die sich an Weihnachtsliedern versuchte.

Zäh wie Pech, das einen Baumstamm herunterkriecht, vergingen die Stunden, und aus dem Dorf hörten die Grenzer die Glocken läuten zur Christmette und schauten dorthin, wurden aber gleich aufmerksam, weil im Haus die Tür aufging und sie im breiten Lichtband, das heraus und in den Schnee fiel, einen Mann in die Nacht treten sahen, der etwas trug. Die Grenzer huschten hinter die Bäume und gingen leise zurück, sie hatten gelernt, was zu tun ist und entfernten sich voneinander, damit der, der da das Etwas aus dem Haus trug, in die Zange käme. Was er schleppte, sahen die Beamten nicht, aber sie hörten den Mann schnaufen, stampfen und ächzen. Langsam kam er auf sie zu, von der Grenze weg, dachten die Posten, was will er denn? Sie traten noch tiefer in den Schatten und versuchten, etwas zu erkennen. Da blieb der Mann aus dem Haus stehen, scharrte im Schnee und machte die Fläche eines Baumstumpfs frei. Man hörte ihn leise mit sich selber reden und etwas hinlegen, dann wurde die Winterdunkelheit im einsamen Grenzwald bei Schlehreuth für eine Sekunde durch ein Licht verjagt, der Mann strich ein Sturmhölzl an und im Flackerlicht sahen die Grenzer, wie er eine kleine Kerze in einer blechernen Laterne anzündete und auf dem Baumstumpf stehen ließ, als er schnell in seinen eigenen Spuren ins Haus zurückging.

Ein Signal! sagten die Grenzer und machten sich Zeichen, gingen durch den Schnee vorsichtig auf die

Laterne zu. Dann aber, als sie angekommen waren, blieben sie stehen und schauten. Denn neben der blechernen, blakenden Laterne lagen zwei Rankerl G'selchts, zwei Scherz Brot, eine Handvoll Leckerl mit buntem Streusel 'drauf und ein Stückl Pappendeckel. Sie lasen die ungelenkte Schrift darauf: »Frohe Weihnachten!«

Aus dem einsamen Haus klangen neue festliche Lieder durch die Fenster in die Nacht. Die beiden Grenzer standen vor dem Baumstumpf, der Laterne und ihren Geschenken und sagten gar nichts. Einer hatte sein Gesicht an einen Baum gelehnt, der andere fingerte an seiner Waffe. Dann griffen sie zu und im flackernden Schein der kleine Kerze in der blechernen Laterne schnitten sie immer ein Stückl G'selchts ab und ein Stückl Brot, schoben es zwischen die Zähne und kauten es langsam. Die buntbestreuten Leckerl teilten sie, es waren für jeden g'rade sieben. Aus dem Haus kamen die vermummten Kinder und folgten dem Vater und der Mutter zur Mette. Der Schein ihrer Laterne zeichnete hüpfende Schatten im Wald und auf den Gesichtern der stumm essenden Grenzer. Dann war ihre Postierung zu Ende in dieser Christnacht im Wald bei Schlehreuth, sie gingen gemessen zum jetzt dunklen Haus, stellten die Laterne mit der herabgebrannten Kerze vor die Haustür auf die Schwelle und legten die Pappe dazu. Darauf hatten sie geschrieben: »Vergelt's Gott!«

Die Mörderprobe

Der Ramsauer und sein Weib, die Theres', haben schon drei Kinder gehabt, und mit dem vierten war sie schwanger. Die Ramsauern gehören zu den armen Leute in Schlehreuth, und man sagt, bei denen schauen die Mäus' mit rotgeweinten Augen aus dem Tischkasten heraus! Der Mann geht taglöhnen, und sie brockt Heidelbeeren und Himbeeren und verkauft sie für ein paar Pfennige an den Landesproduktenaufkäufer z' Griesbach. Sie reißen auch Seegras im Wald, die Ramsauern, und es ist kein Gerücht, daß sie stehlen. Die Leut' zerreißen sich das Maul, wie sie jetzt wieder einen dicken Bauch kriegt, und ihm tritt der Bräu in den Weg, faßt ihn am Jackenknopf und fragt, wie lang er's noch treiben will mit dem Kinderzüchten? Ob er etwa meint, ein Goldesel füllt die Gemeindekasse, wenn die Fretter und Gemeindenutznießer sie ausgefressen haben?

Kein Wunder, daß aus der Stube im Austragshäusl beim Kramerbauern, wo die Ramsauern gewohnt haben, Schreien und Plärren zu hören war und die Kinder davongerannt sind zum Nachbarn und geweint haben – der Vater haut die Mutter ... Ein paar Tage später schreit man dem Ramsauer, wie er grad' auf dem Acker beim Kramer die Kornmandl aufstellt, er soll gleich heimgehn, ihm stirbt das Weib. Die Nachbarn haben schon die Kinder geholt und weggeschickt und schaun nun beim Fenster hinein auf die Blutlache, die neben dem Bett von der Theres' langsam größer wird, derweil sich das Weib dreht und aufbäumt und schreit. Der Ramsauer steht da und schaut und dann fährt der zum Fenster hin auf und schreit hinaus: »Hilft mir keiner? Holt halt den Doktor!« Bis der dann aus Griesbach kommt, ist eine Stunde vergangen, und viel Blut ist herausgeronnen aus der Ramsauerin und noch so ein Zeug dazu, das die Kramerbäuerin mit einem Hadern zudeckt und dabei vor sich hinredet: »Soll euch doch allesamt der Teufel holen, G'schwerl miserables ...« Auf der Gasse sagen die Leute, die Ramsauerin stirbt, und sie beten, derweil der Doktor drin in der Stube fragt: »Sag' mir, was du getan hast, dann kann ich dir vielleicht noch helfen ...« Aber das Weib wimmert nur mehr, und der Ramsauer steht am Fenster, schaut hinaus und sagt kein Wort. Der Doktor verrichtet seine Arbeit so gut es geht, aber die Ramsauerin stirbt ihm unter den Händen, und kaum können die Nachbarn noch dem Pfarrer schreien, daß er sie versieht, und der sträubt sich zuerst auch noch und sagt etwas von Todsünde und Höllenstrafen. Aber der hilft dem armen Weib doch hinüber, und die Nachbarinnen kommen, schieben den Ramsauer hinaus, machen die Stube sauber und werfen auch den Hadern mitsam dem Zeug weg, das er zugedeckt hat und nicht lang nachher ist das meiste wieder so wie's immer war, nur daß der Ramsauer jetzt dasteht mit drei Kindern, die plärren und nach der Mama fragen.

Es war wirklich keine Dreiherrenleich', die die Ramsauerin gekriegt hat. Die Gemeinde hat alles bezahlt, daß nur eine Ruh' wird, und der Kramerbauer hat dem Ramsauer gesagt, er soll sich nicht unterstehn und zur Totensupp'n einladen, sonst haut er ihm eine herunter!

Vier Wochen sind vergangen, da hat das Gerede der Leute, daß die Ramsauerin umgebracht worden ist, die Kreisstadt erreicht, und der Schandarm hat aufgemerkt und beim Michaelikirta die Männer ausgefragt, und seine Frau hat mit den Schlehreuther Bauern- und Arbeiterweibern geredet, und dann ist eine Anzeige bei Gericht eingegangen – »betreffts Verdachts des Totschlags seiner Ehefrau Theres' durch den Taglöhner Johann Ramsauer, Schlehreuth«. Der ist vernommen worden und hat geweint und geplärrt, daß er nichts anderes getan hat als sonst auch immer, eine Watschen hat er dem Weib gegeben und geschrien hat er mit ihr, aber sonst rein garnix nicht. Wie's mit der Vernehmerei fertig waren, da haben fast alle Schlehreuther irgend etwas gehört gehabt (gesehen aber nichts!), und der Herr Amtsrichter hat beim Stammtisch gemeint, daß das Leugnen dem Ramsauer nicht viel helfen wird, er ist praktisch überführt. Aber so richtige Beweise haben sie doch nicht gehabt, und der Herrn Gerichtsassessor, der frisch ausstudiert g'rade aus der Stadt gekommen ist, der hat den Vorschlag gemacht einer »Leichenexhumierung zwecks Erhebung eines genauen Nachweises der Ursache und der Umstände des Todes besagten Tagelöhnerweibes ...«.

Weil das einmal ganz was Neues war und kein Mensch sowas noch gesehen oder erlebt gehabt hat, war das Gericht einverstanden und hat für den 15. November das »Aufmachen des Grabes der Ramsauerin, das Herausnehmen von Sarg und Leiche und die Untersuchung der sterblichen Reste durch den Gerichtsarzt in Gegenwart von Zeugen« angeordnet.

So viel haben die Schlehreuther nicht mehr zum Reden gehabt, seit dem Dopplerbauern seine Zuchtsau in die Odelgrube gefallen ist, und am Stammtisch haben's gestritten, wer als Zeuge dabeisein darf, und der Hirneiß hat ein ganz neues Thema aufgebracht und hat gesagt, er weiß, daß ein Toter zu bluten anfängt, wenn ihn der Mörder anfaßt und hat verlangt, das Gericht muß den Ramsauer zwingen, daß er seinem toten Weib die Hand auflegt! »Und dann werdet ihr's sehen!« hat der Hirneiß so überzeugend gesagt, daß eine Abordnung Schlehreuther samt dem Bürgermeister zum Gericht in die Kreisstadt gefahren ist und dort energisch verlangt hat, daß die »Mörderprobe« gemacht wird. Zuerst hat sich der Herr Amtsrichter gesträubt und hat was von »Aberglaube« und »dummen Leuten« gemurmelt, aber weil er selber neugierig war (und seine Frau noch mehr) und der Herr Assessor von einem »interessanten Experiment mit im Volk überlieferten Rechtsaltertümern« gesprochen und der Herr Gerichtsarzt gemeint hat, schaden kann es nix und den Bauernfünfern tät' ein heilsamer Schrecken ganz gut und er findet auch so heraus, ob die Ramsauerin umgebracht worden ist und wie, da hat der Herr Amtsrichter die Probe genehmigt. Ohne Zeugen wär' es eh nicht gegangen, und die Schlehreuther haben so gestürmt und waren so lästig, daß man den Saal vom Bräuwirtshaus bestimmt hat als Ort der Mörderprobe, und alle Schlehreuther, die älter sind als 21 Jahre, haben die Erlaubnis zum Zuschauen gekriegt. Die Bauern haben die Leitern versteckt, weil ein paar Buben hinaufkraxeln wollten und beim Fenster hineinschauen. Nichts anderes ist geredet worden im Dorf als wie nur mehr das, und der Ramsauer ist nicht mehr hinaus aus seiner Stube. Die Kinder sind im Dorf herumgerannt und haben um was zum Essen gebettelt, weil der Vater noch nicht einmal mehr einen Scherz Brot im Tischkasten gehabt hat.

Der Herr Pfarrer hat geschwankt zwischen Entrüstung, Mitleid und Neugier, aber weil er selber schon am Todestag von der Ramsauerin gesagt hat, daß was nicht stimmt und jemand eine Todsünde begangen hat, so hat er sich nicht lange gesträubt und wollte auch dabeisein, wie der Schuldige überführt wird. Der Herr Schullehrer hat zu der ganzen Aufregung gelacht und am Stammtisch gesagt, er ist neugierig, wie's eine vier Wochen alte Leiche zum Bluten bringen wollen, wo die doch schon lang' kein Blut mehr in sich hat und wenn doch, dann müßte ja die Stelle aufgedeckt werden, wo bei der Ramsauerin das Leben davon ist und ob sich die das trauen? Die alte Mörderprobe hat nur funktioniert, wenn überhaupt jemals, bei einem Messerstich, hat der Herr Schullehrer gesagt, und erst haben auch die Schlehreuther ein wenig blöd dreingeschaut und der Herr Pfarrer hat sehr die Stirn gerunzelt, aber die Neugier war so stark, daß keiner mehr zugegeben hätt', er zweifelt oder fürcht' sich.

Der 15. November kommt, ein kalter Tag, aber es hat noch kein Schnee gelegen, und der Totengräber hat rechtzeitig des Grab aufgemacht und den Sargdeckel heruntergetan. Die Ramsauerin hat nicht viel anders ausgeschaut als an dem Tag, wo's eingegraben worden ist, und das Weib vom Totengräber, die vom Gericht dafür bezahlt worden ist, daß sie die Leiche säubert und herrichtet, hat bei dieser Arbeit laut gebetet. Man weiß nicht wie, aber schnell haben's die Leute in ganz Schlehreuth gewußt, daß die Ramsauerin überhaupt gar nicht verfault ist und daliegt ganz frisch!

Eine Aufregung war im Dorf wie vor dem Jüngsten Gericht, und manchen ist es auch so vorgekommen, als wenn sie jetzt Rechenschaft ablegen müßten, und die Wiesnerin hat gesagt, besser hätt' man's Grab zulassen sollen und der Ramsauerin den Frieden und herauskommen tut eh nix! Den Nachbarinnen ist das g'spaßig vorgekommen, daß die Wiesnerin, die sonst immer ganz vorn dran war, auf einmal wie ein Mäuserl ist, und sie haben sie verspottet und gereizt. Und dann ist die Wiesnerin mit hinein in den Bräuwirtshaussaal, der so gesteckt voll war, daß man keine Nadel hätt' herunterfallen lassen können. Vorn, wo's Gericht gesessen ist, der Bürgermeister, der Pfarrer, der Lehrer und die großen Bauern, haben's auf einen Tisch die Ramsauerin hingelegt, ein Leintuch druntergebreitet und drübergedeckt, und der Herr Amtsrichter hat einen Schandarm zu den Fenstern hingestellt und ihm aufgetragen, er soll sie offenhalten, aber daß kein Bub hereinlinst, wenn er etwa doch eine Leiter erwischt hätte. Denn in dem Bräuwirtshaussaal ist ein Geruch aufgekommen, der die Leut' hat schnaufen und blasen lassen, und die meisten sind weiß geworden um die Nase.

Den Taglöhner Ramsauer haben sie hereingeführt, kaum daß er hat selber gehen können und die Hände hat er vor dem Gesicht gehabt, und drunter ist es naß herausgeronnen. Streng hat ihn der Herr Amtsrichter angeredet, hat ihn nach vorn geschickt, nahe heran an das weiß zugedeckte lange Bündel auf dem Tisch und hat dem Totengräber einen Wink gegeben, er soll's Tuch heruntertun. Mäuserlstaad ist es gewesen, halb aufgestanden sind die Leute und haben die Hälse gereckt, der Herr Pfarrer hat tief geschauft, der Schullehrer hat die Hände vor den Mund getan und der Herr Amtsrichter hat halblaut gesagt: »Na, na ...«. Der Ramsauer ist vorgegangen zu seinem toten Weib und hat langsam die Hände heruntergetan vom Gesicht, ist mit dem rechten Arm ganz, ganz langsam immer näher zu ihrer Brust hin, die nur halb zugedeckt war vom Totenhemd und dann hat er 'draufgefaßt auf die tote, kalte Haut ...

Fast sind ihnen die Augen herausgefallen, den Schlehreuthern, aber nix ist passiert, kein Blut ist herausgeronnen unter dem Tuch, und kein Mal hat sich gezeigt auf der Brust oder im Gesicht. Der Ramsauer kriegte die Hände gar nicht herunter von der Leiche und derweil ist ihm das Wasser aus den Augen geschossen, und er hat gezittert wie Espenlaub. Kein Mensch hat sich gerührt, und alle sind dagesessen wie gemalt. Da rührt sich auf einmal etwas hinten im Saal und langsam, schrittweise geht die Wiesnerin nach vorn, drückt die Leute auseinander – pfeilgrad auf die Tote geht sie zu, derweil die Gerichtsleute und die anderen halb aufstehen und mäuserlstaad zuschaun. Die Wiesnerin gibt dem Ramsauer einen Stoß und der tritt zu Seite. Die Wiesnerin steht da und schaut die Leiche an, ihr Gesicht ist weißer geworden als das von der da, die sich nicht rührt. Oder doch? Oder doch?

Der Richter ächzt laut, der Pfarrer zerreißt den Rosenkranz, daß die Kugeln auf den Boden fallen, deutlich hört man sie rollen, weil's so still ist – langsam, ganz langsam geht das Lid des linken Auges von der toten Ramsauerin auf und der Augapfel dreht sich hin zu der Wiesnerin und schaut sie an ... und der linke Arm hebt sich zentimeterweiß, zwei Finger strecken sich auf die Wiesnerin und die, und die ... schreit laut, bricht nieder und plärrt auf den Knien: »Helft's mir, helft's mir! Sie zeigt an! Ich bin's gewesen ...«

Hinausgerannt sind die Schlehreuther, schreiend, einer ist über den anderen gefallen, fast niedergetreten haben sie sich, die Weiber haben laut gebetet, die Männer haben's Maul aufgerissen, aber kein Wort herausgebracht. Der Herr Richter hat schnell das Tuch über die Tote gezogen, der Schandarm hat die Wiesnerin aufgehoben und hat sie hinausgeführt, der Lehrer hat den Ramsauer, der in einer Ecke geschluchzt hat, bei den Händen genommen und hat ihm ein Vaterunser vorgesagt und der Herr Pfarrer hat nur mehr gradaus gestarrt und hat bloß geflüstert: »Nein, nein, nicht, nicht ...«

Das ganze Dorf war dabei, wie sie die Ramsauerin wieder eingegraben haben, lang haben die Glocken geläutet, und innig ist gebetet worden: »Herr, gib ihr die ewige Ruhe!« Die Wiesnerin ist als Engelmacherin überführt worden und ins Zuchthaus gekommen, der Ramsauer hat später wieder geheiratet, seine Kinder haben vergessen, was mit der Mutter war, aber die Schlehreuther wollen nichts mehr wissen vom »im Volk überlieferten Rechtsaltertümern«! Der Herr Assessor übrigens auch nicht, der hat in die Hose geschissen, derweil die Ramsauerin »azoagt hat« ...

An Landrichter sei Tür soll ma garnet kenna mögn

Laß dem Bauern sei' Kirta, dann haut di neamd

Der Schwanz der Kuh

Irgendwann muß auch der Dimmerer Toni von Schlehreuht ein fescher junger Mann gewesen sein, der, den Hut verwegen in's Gnack geschoben, auf den Tanzböden erschien. Da fand er auch seine Resi, und sie heirateten, zogen in das Haus, das die Res' samt 18 Tagwerk Grund ein biß'l drausd' Schlehreuth besaß und lebten da. Der Toni ging in die Arbeit, und sein Wei' werkte auf dem kleinen Sachl mit vier Kühen, ein paar Säu' und ziemlichen viel Henna. Sie durften frei laufen und legten große Eier mit tiefgelben Dottern, die die Res' zu auskömmlichem Preis verkaufte. Daß die Eier so gut sind, schrieb sie den vielen Regenwürmern zu, die es auf dem Fleckl rings um den Hof gab. Der Toni und die Resi lebten ganz gut zusammen, nur daß sie keine Kinder bekamen, gab Anlaß zum Leutg'schmatz. Aber das hörte auch wieder auf, und erst nach vielen Jahren kriegten die Schlehreuther erneut was zum Reden über die Dimmerer'n, als die Res' bei ihren Freundinnen im Dorf öfter weinte und sagte, daß der Mann das Spinnen anfängt. Zuerst hatte der Toni nur die üblichen Malitzen der Mannsbilder, ging nicht vom Wirtshaus heim und verspielte zuviel Geld. Dann wurde er daheim einsilbig, manchmal grob. Und als er an einem Abend die Stubentür absichtlich so zuhaute, daß sie die Resi an den Kopf bekam und hintüberfiel ins Krautfaßl, langte es ihr, und sie sperrte die Schlafzimmertür zu.

Der Dimmerer Toni wurde daraufhin ruhiger, aber nicht für lang, und als er wieder so grob war und sogar eine Schüssel mit heißen Erdäpfeln nach seinem Weib warf, da wurde die Res' giftig und sperrte das ganze Haus ab, als der Mann im Wirtshaus war. Wie er heimkam und hineinwollte und an den Türen und Fenstern lamenterte, schüttete sie das Nachthaferl auf ihn und schrie, daß er verschwinden soll, 's Häusl und d' Sach gehören ihr, und er soll sich nicht mehr anschauen lassen. Die Schlehreuther hatten wieder was zum Reden, aber noch mehr, als der Dimmerer Toni anfing, ganz hinten auf dem Grundstück eine hölzerne Hütte zu bauen. Erst ging er ans Kuchlfenster des Wohnhauses und räumte die Blumenstöcke weg, lehnte sich hinein und sagte zu der Resi, daß er ihr nun eine Ruh' läßt, aber das möcht' er, was ihm gehört oder er sich derarbeit' hat. Der Toni machte bei seinem Weib Anspruch auf ein hölzernes Bett, auf einen kleinen Tisch und Stuhl, auf den eisernen Ofen im Stübl, ein paar Töpfe und Kessel und auf ein Messer, eine Gabel und einen Aluminiumlöffel. Und er sagte noch, sie soll ihm das Fleckl lassen, wo die Hütte steht und die scheckerte Kuh, die er selber gekauft hat vor ein paar Jahren. Der Resi war es nicht ganz geheuer bei dieser Handelschaft durchs Kuchlfenster, aber sie hatte auch ihren Dickschädel, und außerdem konnte sie den Toni buchstäblich nicht mehr riechen. Er hatte schon lange aufgehört, sich zu waschen. Die Resi sagte deshalb in Richtung Fenster, er soll sich nehmen was er mag und ihr die Ruh' lassen, und das tat fortan der Dimmerer Toni von Schlehreuth.

Er kümmerte sich nicht um eine Baugenehmigung oder irgendwas, das mit Bauplan, Statik oder Handwerkern zu tun hat, legte schwere Steine auf die Wiese als Untergrund für die Bäume, die er aufrichtete und mit Brettern verschlug. Auf das Dach tat er alte Ziegel von einem Haufen, der herumlag, und innen drin in seinem Haus oder besser der windschiefen Hüttn, schuf er sich eine Bleibe. Kaum größer war das Gebild' als wie er mit ausgestreckten Armen berühren konnte, aber das hat dem Dimmerer Toni gelangt. Er stellte seine Kuh hinein und direkt daneben den eisernen Ofen, am Balken hingen die Töpfe und Kessel und davor waren Tisch und Stuhl, hinten oder daneben, wie man will, das Bett mit Stroh drin und einer »Ziach« drauf. Als der Dimmerer Toni das Spinnen anfing und sich mit seiner Frau überwarf, hatte er schon eine kleine Rente, und die war genug für ihn, rechnet man die Milch dazu, die die Kuh gab. Gefüttert hat sie der Toni im Sommer von der Wiese, auf der seine Hütte stand und im Winter mit dem Heu aus dem Stadel, denn das erlaubte ihm die Resi, der's Kuahrei derbarmte.

Ihr Mann nicht; sie konnte ihn kaum mehr anschauen und drehte sich um, wenn er vorbeikam und hinausging beim Gartentürl. Das änderte sich auch nicht, als der Toni das Husten anfing und das rote Spucken und immer dünner wurde. Er hat »d' zehrat Sucht« sagte die Resi zu ihren Bekannten im Dorf und meinte, daß der Mann keinen Doktor nicht braucht. Sie holte keinen und er auch nicht. So ging das eine Weile dahin, und eines Tages kam der Gemeindediener hinaus zum

Dimmerersachl und wurde der Geschichte ansichtig, wie er dem Bürgermeister sagte. Er beschrieb in der Kanzlei genau die Bretterhütte mit der Tür, deren Angeln Lederriemen waren, das als Keller in die Erd' gegrabene Krautfaßl, die Dunkelheit und den warmen Gestank drinnen und wie die Kuh direkt nebem dem Kochofen steht! Er schüttete sich vor Lachen, als er beschrieb, daß gerade, wie er hereinkam, die Kuh den Schwanz aufhob zum Scheißen und Brunzen und der ganze Segen haarscharf am Kochtopf des Toni vorbeizischte und unter den Stuhl rann. Der Gemeindediener nannte den Dimmerer Toni eine Drecksau, aber der sagte, er soll ihm eine Ruh' lassen, und normalerweis hebt er den Topf weg, wenn die Kuh grad' den Schwanz bewegt und ihm ist noch nichts hineingekommen ins Essen … »Wenn du grad einakimmst, ka i da Kuah sein Schwanz ned beobachten …«, sagte der Toni und brummte mißbilligend. Und er berichtete dem Gemeindediener, daß das Hinschauen auf den Schwanz der Kuh ihm die beste Unterhaltung verschafft und ihm lieber ist wie's Zeitungslesen.

Der Bürgermeister schaute sich den Verhau beim Dimmerer selbst an, redete auch mit der Resi, aber die sagte, eher rennt sie davon, als daß die den Dreckhammel nochmal ins Haus läßt. Der derart charakterisierte Toni, mittlerweile alt, krumm und zaundürr, wollte gar keine Veränderung seines Lebens, und der Bürgermeister erinnerte sich an das Sprichwort, daß einem Damischen ein volles Fuder Heu ausweichen muß und sagte nichts mehr. Er ließ den Dimmerer und sein Weib einfach hausen, und die taten es auch, wie es ihnen gefiel und kümmerten sich um niemanden. Als das Gerücht vom Blut hustenden Einsiedler, der mit einer über den Kochtopf scheißenden Kuh zusammenlebt, die Kreisstadt erreichte und das Gesundheitsamt etwas davon erfuhr, sollte der Dimmerer Toni wegen offenen Tbc in eine Heilstätte gebracht werden. Das verweigerte er aber mit der Begründung, daß ihm niemand auf's Scheckei schaut. Als er mit Gewalt abgeholt werden sollte, hielt er einen Feuerbrand hoch und sagte, er zündet alles an.

Deshalb ließ das Gesundheitsamt den Dimmerer Toni in Ruhe, und das wurde so begründet, daß er eh isoliert ist und niemand zu ihm kommt und er zu keinem geht und die Milch der Kuh nur er trinkt. Der Toni wurde noch krummer und dürrer und hustete noch schlimmer, und eines Morgens fand sein Weib die scheckige Kuh ledig und auf der Wiese. Kein Rauch kam aus dem verrosteten Ofenrohr, das durch die Bretterwand gesteckt war. Erst tat die Res' nichts, dann ging sie hin und weiste die Kuh weg und in ihren Stall, drehte sich dabei halb um, ob der Mann nicht herausrennt. Aber der tat es nicht, und am nächsten Tag, wie noch kein Ofenrauch herauskam, ging die Res doch hin, schob mit dem Holzschuh die schiefe Tür auf und schaute hinein. Sie sah den Mann liegen zwischen Bettstatt und dem dreckigen Stand der Kuh, er rührte sich nicht und war schon ganz gelb, Fliegen saßen auf seinem Gesicht. Die Res' lief schnell weg und schrie den Nachbarn, daß der Mann tot ist, und die telefonierten es in die Gemeinde. Als ein paar Leute kamen, mußten sie sich Tücher vorbinden beim Heraustragen des Dimmerer. Schnell ist er eingegraben worden, und die Gemeinde »gab der Häuslerin Therese Dimmerer zu Schlehreuth auf, die nicht genehmigte Hütte auf ihrem Grund zu entfernen.« Die Res dachte jedoch nicht dran, schaffte dem Bürgermeister und Gemeindeschreiber das Arschlecken, und so blieb der Gemeinde Schlehreuth nichts anderes übrig, als die Feuerwehr zu bitten, die ganze Hütte samt dem Kuhdreck und den Tuberkulosebazillen zu verbrennen. Man nahm's als Übung, passieren konnte eh nix, denn die Hütte stand ganz allein. Ein Kübel Benzin wurde hinaufgeschüttet, an einer Stange ein brennender Strohwisch d'rangehalten und weg war sie, die Hütte des seltsamen Einsiedlers. Der Gmoaschreiber erzählte später gern im Wirtshaus: »Schee hat's brunna, aber z'erscht hamma'n scho nu außa, n'Dimmerer ...«

Wenn man heirat' und wenn man stirbt, muß man d' Leut von sich reden lassen

D' Selbern

Was die übrige Menschheit »Saure Milch« nennt, ist für die Schlehreuther »Selbern«. Es wird behauptet, der Name komme daher, weil die in einer irdenen Schüssel in die Speis' gestellte Milch »von selber« sauer wird. Das mag stimmen oder nicht, der »Selbern«, zum Essen noch angereichert mit einem großen Löffel Rahm, gehörte zum alltäglichen Speisezettel der Schlehreuther und deckte einen großen Anteil ihres Protein- und Vitaminbedarfs. Da übrige taten »Hirgstsuppn«, Sauerkraut und »Knon und Fleisch«.

In Schlehreuth gab es jedoch eine Familie, die zwar »D' Selbern« genannt wurde, aber wenig oder nichts mit der sauren Milch zu tun hatte. Den Namen bekamen sie, weil der alte Steinmaßl zu jedem, der ihm Hilfe antrug oder auch nur Miene machte, sich um ihn zu kümmern, sagte: »Selber, selber doa ...« Deshalb ließen es die Leute bald, einen Gedanken an »D' Selbern« zu verschwenden, jedenfalls, was ihre soziale Stellung in der Gemeinde anging und wie sie mit ihrem Leben fertigwurden. Sonst aber gaben die Steinmaßl oft genug Gesprächsstoff ab. Sie kamen von auswärts, niemand wußte recht, woher eigentlich, und in der Umsturzzeit nach dem ersten Krieg kümmerte sich niemand darum außer dem Bürgermeister und dem Pfarrer, aber die gaben es bald auf, denn mit den »Selbern« war nicht zu reden. Sie verschafften sich irgendwie ein Stück Land ganz weit draußen am Ende eines schmalen Feldweges, zwischen einem alten Steinbruch und einem Wald und bauten dort langsam und nach ihrem Grundsatz »selber doa« ein Haus aus Steinen mit einem hölzernen Dach. Es war eher eine windschiefe Hütte, und von einem Bauplan oder gar einer Genehmigung hatten die Steinmaßl nichts gehört und kümmerten sich auch nicht darum. Sie hausten in ihrer Einschicht wie in einer Legende aus einem alten Buch.

Der Alte ließ sich einen Vollbart wachsen, der bis auf die Hüfte reichte und ging die Straße entlang in großen, selbergemachten Holzschuhen, die er im Sand schlurfen ließ, daß sich hinter ihm eine Spur abzeichnete wie von einer Riesenschnecke. Ganz konnten auch die »Selbern« nicht ohne die anderen Menschen leben, die beiden Söhne mußten zur Schule gehen, aber sie blieben immer im zweiten Kurs. Zwar versuchten es Lehrer, Rektor und sogar der Schulrat, die Steinmaßlbuben zu zivilisieren, aber sie bekamen es stets nur mit dem Vater zu tun, der sie kaum in den Krautgarten am Haus kommen ließ, sie lange stumm anschaute, den Bart strich und manchmal von einer Körperseite auf die andere schwenkte. Zwar sagte er nicht von der Schulausbildung seiner Söhne »selber doa«, aber er handelte danach und kümmerte sich nicht um Lehrer, Rektor und Schulräte. So wie sie wechselten, versuchten es immer neue, die Steinmaßlbuben zu regelmäßigem Unterrichtsbesuch und zum Hausaufgabenmachen anzuhalten; vergebens. So blieben sie eben im zweiten Kurs und mit dem, was sie mühsam in den ganzen

Jahren aufgeschnappt hatten (nicht viel mehr als etwas Lesen und den Namen schreiben) kamen sie aus der Schule.

Sie nahmen »die Agierung« (wie die Schlehreuther sagen) des Vaters an, nur daß sie keinen Vollbart wachsen ließen, sondern hochgezirbelte, rötliche Schnauzbärte trugen. Der Steinmaßl ging nie zur Arbeit. Woher er das Geld bekam für das Salz und Mehl, das er kaufte, für den Tabak oder die Hosen, auf die auch er nicht verzichten konnte, wußte niemand und traute es sich kaum zu erraten. In Schlehreuth wurde viel geredet über Fallenstellen und Felle und Fleisch verkaufen, über Stehlen und sogar Räubern. Was die »Selbernleut« jedoch tatsächlich trieben, hat nie einer herausgebracht. Kam einmal, was selten geschah, jemand den Weg entlang und nahe am Haus vorbei, dann huschten Vater und Söhne hinein »wie die Fuchsen in den Bau«. Das sagte man in Schlehreuth, und niemandem, nicht einmal den frechsten Buben ist es jemals gelungen, auch nur bei den kleinen und fast blinden Fenstern hineinzulinsen. Die »Selbernbuam« gingen zur Arbeit in einen Steinbruch und taten dort, was die anderen Steinhauer auch machten, aber sie redeten nicht mit den Leuten, nur paßten sie gut auf, daß der Wochenlohn auch stimmte. »'S Geld kennan's«, sagten die Schlehreuther, und da die Selbernbuben groß, stark und ganz ohne Verständnis für Derbleckerei waren (was sie ein paarmal mit kräftigen Schlägen zum Ausdruck brachten), kümmerte sich bald keiner mehr um sie. Der Polier im Steinbruch sagte nur ein paar Worte zu ihnen wie zu

Zugochsen und begnügte sich meist mit einem von Knurren begleiteten Deuten.

Die Schlehreuther gewöhnten sich so an »D' Selbern«, daß sie sie zuletzt gar nicht mehr wahrnahmen. Einmal aber mußten sich doch Gemeinde und Pfarrer mit den Steinmaßl beschäftigen und das war, wie die Mutter gestorben ist. Früher einmal diente es an den Schlehreuther Stammtischen zum Rätselraten, wie der Steinmaßl es fertiggebracht hatte, zu einem Weib zu kommen, wie er wohl geheiratet hatte und wo und auch, woher die Steinmaßlin stammte. Erfahren konnte man das jedoch nie, denn die Mutter der beiden Buben war noch leutscheuer als Mann und Söhne und ging niemals aus dem Haus. Kaum jemand hatte sie gesehen, denn sie hörte die Leute schon von weitem auf dem Fußweg daherkommen und huschte davon wie ein Schatten, wenn die Sonne plötzlich hinter einer Wolke hervorkommt. Einkaufen ging sie nie, »d' Selbernin«, der Mann brachte was mit vom Kaufmann und daß sie dann gestorben ist, wäre den Schlehreuthern ums Haar ausgekommen, hätten nicht die Kinder des Gemeindesekretärs den Vater so gebenzt, mit ihnen in die Schwammerl zu gehen. Deshalb gab es unverhofft Zeugen, als der Alte und die schnauzbärtigen Söhne hinter der Hollerstauden im Garten ein großes Loch aushoben, das wie ein Grab aussah. Diesmal huschten sie nicht fuchsig ins Haus, sondern blieben trotzig stehen, als der Gemeindesekretär sie fragte: »'S Wei g'storm?« – »Eijo« – »Grabt's es da ei?« – »Eijo« – »Spinnt's es heid?« – »Selber, selber doa ...« Aber das ging nun doch nicht und die Gemeinde holte die tote Steinmaßlin ab, ließ sie waschen und herrichten, in einen Sarg tun und sorgte auch noch für die Leich'. Denn dabei und bei all der Schreiberei und Lauferei verließen den »Selbern« seine Künste des »Selber doa«. Eine »schöne Leich'« hat sie gehabt, das seltsame Menschenkind aus dem Haus in der Einschicht. Meist war es die Neugier, die die Schlehreuther hingeführt hat auf den Gottesacker, der Alte und die Söhne standen am Grab und haben niemand angeschaut, sind dann sofort weggegangen, und bald darauf war das einsame Haus aus Bruchsteinen leer. Es ist verfallen, und heute gibt es nicht einmal mehr den Platz. Eine Siedlung ist darübergebaut worden, die Jungen wissen kaum mehr, was gemeint ist, wenn ein Alter zu jemandem, der ein Hilfsangebot zurückweist, sagt: »Da schau her, a neia Selbern ...«

Wer seine Finger in'd Arbeit 'neibringt is selber schuld, wenn eam ebbs davo bleibt

Verwünscht

Der Krautscheid in Schlehreuth ist ein Ochsenbauer gewesen. Die ganze Arbeit auf seinem schönen Hof von sechzig Tagwerk Äcker und Wiesen und fast soviel Wald hat er nur mit Ochsen getan, und Pferde hat er nie besessen. Der alte Bauer hat was angenommen von seinen Zugochsen, und die Leute sagen, daß er g'rad so langsam geht wie die und auch den gleichen Schädel hat, wär's einmal notwendig und legte man ihm den Büffel an, könnte er reißen wie seine Bummerl.

Die Krautscheidin war nicht so ochsenmäßig im Reden und in der Agierung, flink war sie bei der Arbeit und erst recht mit dem Maul. Das Geld ist ihr lieber als der Herrgott, haben die Leute gesagt und sie schindet die Laus um den Balg, ihr regnet's in die Milch, und in der Butter ist mehr Wasser als im Weihbrunnhaferl ... Der große Knecht hat oft mit dem Messer an die blecherne Schüssel geklopft, die mitten auf dem Tisch gestanden ist und hat laut gesagt: »Bäurin, tu's Schmalz außa!«, und das Bröckerl Fleisch hat er mit der Gabel aus dem Kraut gehoben und zu der Stalldirn 'rübergredt: »Das hat heut wieder einen wenglatn G'ruch ...«

Die Bäurin hat gemeint, die Ehalten essen nicht soviel, wenn sie lang beten, und deshalb ist der Dampf aus der Erdäpfelschüssel kaum mehr zum Sehen gewesen, wenn's endlich fertig waren mit dem »Gegrüßt seist du Maria voll der Gnaden ...«, aber kaum fahren die Knechte vor mit der Gabel auf die Knödel, da hat die Krautscheidin nochmal vorgebetet: »Für's Mattei und 's Marei aa nu an Vaterunser ...« 'S Mattei und 's Marei waren ihre Kinder, und sie hat sie streng aufgezogen und keine Ungezogenheit durchgehen lassen, wie sie überhaupt jeden kritisiert hat, Bauer, Knecht und Häusler, die aber am meisten. Der Krautscheidin aus Schlehreuth hat der zehnte nichts recht machen können und der kaum.

Draußen vor dem Dorf haben ein paar windschiefe und halb zusammengefallene Hütten gestanden, die die Gemeinde den armen Leuten zugewiesen hat zum Wohnen, und jetzt kannst du streiten, haben diese Leut' mehr Flöhe oder Kinder? Taglöhnen sind sie gegangen, und die Buben haben sie zum Hüten geschickt, zum Kartoffelklauben und Nachrechen. Kaum waren's im sechsten Kurs, sind sie schon bei einem Bauern als Futterbub eingestanden. Die Allerärmsten sind die beim Geißmeier gewesen; sieben Kinder, zwei Stuben und der Geißmeier ausgeschunden als Bergmann in den Graphitgruben der reichen Bauern. Zeitig in der Früh ist er fort, der Geißmeier in seinen Böhmschuhen, so groß wie ein halber Sautrog und kohlschwarz ist er abends heimgekommen und hat die ganze Zeit nichts weiter gegessen als einen Scherz Brot. Die Geißmeierin, haben die Leute gesagt, hat den Prozeß mit der Arbeit schon gewonnen gehabt, kaum daß sie einmal die Stube auskehrt oder die Mehlsuppe auf den Ofen stellt. Die Kinder sind wie die Zigeuner herumgerannt, und ihr Geruch war mehr von einem Geißbock als von einem Menschen. Der Geißmeierin ist es lieber gewesen, zum Ratschen zu gehen ins Dorf, und wo sie eingesprochen hat, ist sie nicht eher wieder gegangen, bis sie was gegessen hatte. Und weil die Schlehreuther gewußt haben, wie es ist bei denen daheim, hat die eine oder die andere Bäuerin ihr ein Scherzl Brot mitgegeben aus dem Tischkasten, ein Ei oder ein Krauthäupl.

So haben sie sich durchgebracht, die Kinder sind größer geworden, als Knechte gegangen oder beim Bräu untergekommen und beim Geißmeier ist nur mehr der Franzl gewesen, der jüngste Bub, der nicht ganz hell auf der Platten war, aber fleißig und nicht z'wider. Kaum kommt er aus der Schule, holt ihn schon die Krautscheidin, der der Mann gestorben war und die allein gehaust hat auf dem Hof mit immer weniger Ehalten. Die Zeit hat sich geändert, die Nazi haben regiert, und der »Nährstand« war recht angesehen, die Schlehreuther Bauern haben nicht mehr garso gejammert, aber man sagt ja auch, ein Bauer, der nicht jammert, ist keiner. Der Krieg kommt, der Mattei, für den's immer noch ein Vaterunser haben beten müssen vor der vollen Krautschüssel, ist eingerückt und die Geißmeierbuben auch, nur der Franzl nicht, der war zu jung. Weil's immer weniger Leute gegeben hat zur Bauernarbeit, sind nach Schlehreuth polnische Mädchen gebracht worden, die sie daheim zusammengefangen und verschickt haben. Arbeiten durften sie schon und verhungert sind sie auch nicht, aber behandelt sind sie worden, die armseligen Polackendirndl, wie der letzte Dreck. Die Parteileut' haben den Bauern eingeschärft, daß das »Untermenschen« sind, und es wär' eine Blutschand', läßt man sich ein mit ihnen!

Der Krautscheidin hat das eingeleuchtet, sie hat eh niemand leiden können, der kein großer Bauer war oder davon abgestammt hat, und der Unkeuschheit hat sie noch nie auf ihrem Hof geduldet. Das war auch der Grund, daß der Mattei, als Feiertagsschüler, einmal erwischt worden ist hinter einer Haselnußstaudn mit dem Tischinger Annerl, wo er doch daheim auf dem Heuboden die beste Gelegenheit gehabt hätte. Und grade der Heuboden hat den Geißmeier Franzl angezogen wie der Honig die Bienen. Und ist das polnische Dirndl droben beim Gsottschneiden, macht er sich auch was dort zu tun, und so schö'stad sind sie redert' worden, und weil der Franzl ein frischer junger Bursch war und das polnische Dirndl auch nicht wüst, sind sie über Busserl langsam weiter gekommen zu der Sach', die für den Geißmeier Franzl ganz was Neues war und ihm so gefallen hat, daß er auf eine Blutschande ganz vergessen hat. Die Krautscheidin aber, die Augen im Kopf gehabt hat und der die Sünde immer gegenwärtig war, hat das Paar erst beobachtet und dann abgepaßt. Pfeilgrad erwischt! Und die Krautscheidin hat eine gute Gelegenheit erkannt, sich bei den Nazis einzuschmeicheln und auch noch beim Pfarrer, der auch immer gepredigt hat gegen die sündhafte Vermischung.

Angezeigt hat sie es, das polnische Dirndl und den Geißmeier Franzl, und alle zwei sind abgeholt worden und verschwunden. Das Dirndl haben sie in ein Lager getan und der Franzl ist erst ins Zuchthaus gekommen und dann in eine Strafkompanie. Dabei war er noch nicht einmal siebzehn Jahre alt. Nur dreimal hat er noch heimgeschrieben, und jeder Brief war noch fleckiger und unleserlicher als der vorherige, weil der Franzl so geweint hat beim Schreiben. Genau hat es niemand erfahren, aber geschunden müssen sie den Franzl haben wie ein Vieh, und kaum war er im Krieg, ist's schon vorbei gewesen mit ihm. Die Geißmeierin hat nur einen Brief gekriegt, in dem gestanden ist, daß der Bub gefallen ist, das »Feld der Ehre« und das »Vaterland« haben sie ihm nicht einmal zugestanden, weil er mit dem polnischen Dirndl im Heu gelegen ist. Ein anderer von der Strafkompanie hat später der Geißmeierin geschrieben, daß der Franzl die meiste Zeit geweint und gebetet hat und gestorben ist durch einen Granatsplitter, der ihm den Bauch aufgerissen hat, daß die Därme herausgehangen haben, und einen halben Tag hat der Franzl leiden müssen, bis er endlich erlöst war und nach der Mutter hat er die ganze Zeit geschrien …

Die Geißmeierin hat ein bißl Zeit gebraucht, bis sie es frißt, was passiert ist und wie – und sie hat auch recht geweint und gebetet und ist allein herumgegangen und hat mit sich selber geredet. Auf einmal geht sie auf den Krautscheidhof und sagt zu der Bäuerin, die grad' dabei war, Kartoffeln zu dämpfen für die Säu: »Du gottverrecktes Luder, du scheinheiligs, hast meinen Franzl umgebracht! Verwünschen tu ich dich, sollst einmal nicht sterben können und elendiglich auf deinen Tod warten!« Dreht sich um und geht. Die Bäuerin hat in den Kessel 'neigelangt und hat ihr eine heiße

Kartoffel nachgeworfen, aber weiters ist nichts geschehen. Daß da das Anzeigen nicht hilft, hat sie sich denken können.

Die Zeit ist verronnen in Schlehreuth, vom Geißmeier sind zwei Söhne heimgekommen, und einer war vermißt, der Krautscheid Mattei ist auf einmal vor der Tür gestanden, weil er davon ist aus dem Gefangenenlager, und es ist weitergegangen wie immer. Alt sind's geworden, die Bauern in Schlehreuth und gestorben, die jungen sind nachgewachsen und haben auch wieder Kinder gekriegt. Die Geißmeierin ist auch alt geworden und gestorben, aber niemand hat sie dazu bringen können, daß sie noch einmal zu der Krautscheidin hineingeht und das Verwünschen zurücknimmt. Und mit der Bäuerin hat es wirklich was gehabt! Sie lebt und lebt und kann nicht sterben. Alle möglichen Leiden hat sie bekommen, zuerst offene Beine, und draußen im Wald wär sie fast einmal gestorben, weil das Blut angefangen hat, zu laufen und sie es erst merkt, wie es in den Gummistiefeln »g'sogetzt« hat, aber nicht ist's passiert, die Krautscheidin hat weitergelebt, hat das Unglück vom Marei erlebt und daß der Mattei nicht heirat' und kein Hoferbe nachwächst. Dürr ist sie geworden wie eine Kletze und bucklig, gehustet hat sie beim Tag und noch mehr bei der Nacht, essen hat sie nichts mehr können, aus dem Bett ist sie gefallen und hat einen Tag lang auf dem Fußboden gelegen, bis eine Nachbarin beim Fenster hereinguckt und sie findet, denn der Mattei hat oft eine Woche nicht nachgeschaut in der Stube. Und dann ist die Krautscheidin hirndamisch geworden. Angezündet hätt' sie bei den Nachbarn, im Nachthemd und strumpfsockert wollt' sie in die Kirche, und der Mattei hat sie mit einer Kette am Bett angebunden. Geschrien, gebetet und geplärrt hat sie durcheinander aber sterben hat sie nicht können.

»Ha, Mattei, stirbt d' Muatta nu ned?« haben die Leut' auf der Gasse gefragt, und der Mattei hat geschrien, sie sollen sie selber derschlagen! Die alten Schlehreuther haben es den jungen erzählt, daß die Geißmeierin die Krautscheidin verwünscht hat und daß sie nicht sterben kann. Im Vorbeigehen haben sie neugierig hingeschaut zum Krautscheidhof, wo aus dem Stubenfenster das Ächzen und Plärren der Bäurin zu hören war. Soviele Leute haben geredet über die Geißmeierin und ihren Franzl und übers Verwünschen, daß sogar der Herr Pfarrer in der Predigt gewarnt hat vor Aberglauben und sündhafter Bosheit.

Steinalt ist sie geworden, die Krautscheidbäuerin und hat nicht sterben können, die Leute haben sich bereits gefürchtet und das Kreuz geschlagen von ganz weitem, wenn jemand vom verwünschten Hof daherkommt. Aber dann haben's die Krautscheidin gefunden, tot neben ihrem Bett draußen in ihrem Stübl, halb nackt, weil sie im Sterben das Hemd zerrissen hat und ihre Hände, die ausgeschaut haben wie aus Wurzelholz geschnitzt mit langen Nägeln dran wie Krallen – die Hände haben den Bauch fast aufgerissen gehabt, grad dort, wo dem Geißmeier Franzl der Granatsplitter hineingefahren ist ...

Herr, gib ihr die ewige Ruhe!

Das Bündel Strohhalme

In Schlehreuth steht ein Haus, das jedem gleich auffällt. Es sieht nicht nur alt und stilvoll aus, es ist es sogar. Sieht man vom Rathaus ab, das einmal das fürstbischöfliche Pfleggericht beherbergte und nie zerstört wurde, ist es das älteste Haus im auch schon seit Jahrhunderten bekannten Ort. Bedenkt man zwei verheerende Brände im vorigen Jahrhundert und die Beschießung und Zerstörung Schlehreuths am Ende des letzten Krieges, muß es wunder nehmen, daß gerade dieses eine, in großen Teilen hölzerne Haus erhalten blieb. Alle seine Nachbarn fielen in Trümmer und wurden neu errichtet, nur das von den Leuten so genannte »Zwerchhaus« (weil es der Straße »zwerch« im Wege steht) hat die Bausubstanz und Form des 16. Jahrhunderts behalten.

Und wie das zuging, darüber gibt es eine Schlehreuther Legende, deren romantisch-fantastischer Inhalt den Skeptiker nur lächeln läßt, was jedoch nichts daran ändert, daß von allen Schlehreuther Privathäusern halt doch das Zwerchhaus als einziges steht, wie es einst versprochen wurde mit einem Bündel Strohhalme ...
Um die Mitte des 18. Jahrhunderts zog einmal eine Zigeunerfamilie durch Schlehreuth. Es waren böse Zeiten, schwere Seuchen lebten in der Erinnerung der Menschen, fremdes Kriegsvolk hatte beim Durchmarsch gehaust, Jahre voll Mißwachs hatten die Leute dazu genötigt, Baumrinde ins Brot zu backen, die Kin-

der waren ihnen gestorben und der Flachs nicht gereift. Nur mühsam erwarben die Schlehreuther ihre Nahrung auf steinigen Böden bei frühem Frost und spätem Schnee. Deshalb kann man es schon verstehen, daß die dunkelhäutige Zigeunersippe sehr mißtrauisch angeschaut wurde. Der bischöfliche Pfleger »reichte ihnen den Gnadenpfennig« und ein Bündel Heu für das magere Pferd vor dem Wagen, sein Stockknecht wies gebieterisch auf die Straße und sagte: »Weiter. Weiter!«

Im Zigeunerwagen war eine hochschwangere Frau, und die Fremden hoben die Hände auf und zeigten auf sie, stammelten Hilfebitten und versprachen, gleich weiterzuziehen, wenn das Kind geboren sei. Der Pfleger und sein Stockknecht wären bereit gewesen um Christi Willen ein Bleiben zu gestatten, aber es fand sich in Schlehreuth niemand, der das Zigeunerweib hätte bei sich behausen wollen. Von Haus zu Haus wimmerte sie und zeigte auf ihren Bauch, aber überall wurden ihr die Haustüren vor den aufgehobenen Händen zugeschlagen. Nur nicht im Zwerchhaus.

Dort wohnte ein Lederer mit seiner Frau und acht Kindern, und das Paar war sich einig, daß man die Zigeunerin nicht auf der Straße und im Planwagen lassen konnte. Sie wurde deshalb »liebreich«, wie damals der Sprachgebrauch war, aufgenommen, in einer Kammer auf einen Strohsack gebettet und zugerüstet für die Geburt, die sich schon ankündigte. Die Zigeunersippe zog davon mit der Versicherung, nach einer Woche Mutter und Kind abzuholen. Die Ledererleute schauten ihnen zweifelnd nach und fürchteten auch etwas den groben Stockknecht. Der ließ sich jedoch nicht blicken.

Das Zigeunerkind kam auf die Welt, wurde gewaschen und der Mutter in den Arm gelegt, die von den Ledererleuten mit Milchbrei und Hafergrütze gefüttert wurde. Die Zigeunerfrau herzte und küßte ihren runden, braunen Buben und machte den Ledererleuten Zeichen ihrer Dankbarkeit, indem sie mit der Hand Herz, Mund und Stirn berührte. Nach einer Woche fuhr der Zigeunerwagen wieder in den Ort ein, die Fremden drängten sich im Hof des Zwerchhauses und schauten lachend und deutend das Kind an. Und sie redeten miteinander laut und lange.

Dann nahm die Mutter ihre paar Lumpen auf und das Kind, das die Lederers in ein sauberes Tuch gewickelt hatten. Schon auf der Schwelle blieb sie stehen, gab das Kind einem Mädchen in den Arm, schritt zur Scheune, raffte dort ein Bündel Strohhalme zusammen, ging mitten in den Hof, streckte die Hand nach einem Mann aus, der ihr aus seiner Pfeife Feuer gab, indem er einen Span anfachte. Die Zigeunerin rieb die Strohhalme in ihren Händen, sang darüber und murmelte was, zündete sie mit einer raschen Bewegung an, ließ sie aufflammen und warf sie zu Boden. Schwarz verbrannten die Halme, bis auf einen, der unversehrt, nicht einmal angesengt, dalag, während von den anderen Halmen sich Rauch hochkräuselte. Die Zigeunerin lachte, sagte etwas und deutete auf das Haus. Und ein Mann erklärte den Lederern, daß so, wie der Halm im Strohbündel unverbrannt geblieben sei, dieses Haus, in dem sie

Barmherzigkeit und Hilfe gefunden hatte, auch unverbrannt und unzerstört stehen werde – »bis die Welt alt ist«. Dann zogen die Zigeuner davon, und die Ledererleute wurden von ihrem Alltag eingeholt.

Das Zwerchhaus steht seitdem unversehrt in Schlehreuth. In einem Jahrhundert hat der Markt zweimal schrecklich gebrannt, jedesmal wüteten die Flammen bis unmittelbar in die Nachbarschaft des Hauses, das dann schon anderen Leuten gehörte. Aber weder fiel ein Funken aufs Schindeldach noch auf den hölzernen Schrot; die von den Nachbarhäusern herüberzüngelnden Flammen erloschen von selbst. Wie ein Mirakel stand es zwischen den niedergebrannten Ruinen, und die Geschichte von der Handvoll Strohhalme wurde wieder und wieder erzählt in Schlehreuth. Die Kinder erfuhren es von den Eltern, und mit Scheu und Staunen wurde das Zwerchhaus angeschaut. Als dann am Ende des letzten Krieges auch das friedlich-abgeschiedene Schlehreuth von den Dämonen angefallen wurde und lichterloh brannte, da bewährte sich der Segen der Zigeunerin wieder. Während ringsum alles in Schutt fiel, blieb das Zwerchhaus erneut stehen, und seine Bewohner hatten sich, im Vertrauen auf den Segen auf ihrer Behausung, nur gerade in den Keller geflüchtet, während die Nachbarn fortgerannt waren.

Wer mag, kann das Zwerchhaus in Schlehreuth heute noch anschauen und, ein wenig kurios ist es schon, eine neue Straße mußte man im Bogen darum herumführen, denn es ist nach wie vor »zwerch«, und niemand hat es angerührt.

Der Schlehreuther Tod

Nicht, daß die Schlehreuther den Tod mehr gemocht hätten als andere Leute oder daß sie ihn etwa nicht fürchteten – aber sie standen mit ihm auf einem Fuß, den man respektvoll-vertraulich nennen könnte; so wie ein Bub den strengen Vater mag, der ihm ein Auge zwickt. Die Hasenederin, im Austrag beim Schwiegersohn, fand es normal und in Ordnung, daß sie »vom Brettl rutschen« muß und bereitete dafür alles vor. Sie kaufte ein Grab auf dem Friedhof, suchte den Stein aus und schaffte die Inschrift an. Dabei war sie nicht hastig und änderte den Text und die Buchstaben ein paarmal. Als sie dann zufrieden war, ließ sie nur den Sterbetag offen und gab dem Steinmetz ein Extra-Trinkgeld, daß er nur ja sofort das Fehlende ersetzt und in genau der gleichen Schrift »daß 's niemand wegkennt, danach!« Soweit war ja die Hasenederin noch innerhalb des Herkommens, aber sie tat noch mehr. Bei einem Bildhauer ließ sie sich einen Schmerzensengel aus Stein meißeln und hatte auch da ihren eigenen Kopf. Sie schwang sogar den Zeichenstift, um es dem Künstler besonders gut auszudeutschen, wie das Gesicht des Engels sein soll und wie die halb gefalteten Flügel hängen müssen.

Die Hasenederin hat sich das Geld kosten lassen, aber sie sparte 'drauf schon lange und hatte eine rechte Freud mit ihrem Grabengel. Kaum war er fertig, stellte sie ihn in ihrer Stube auf und schaute ihn von allen

Seiten an, sogar von unten, indem sie sich der Länge nach auf die Stubenbruck' legte. Das ging den Jungen zu weit, aber die Hasenederin sagte, sie möcht' es sich vorstellen können, wie sich der Engel aus dem Grabe heraus macht, und es tat ihr nur leid, daß sie nicht die genauen anderthalb Meter tiefer war. Deshalb kam ihr der Gedanke, mit dem Meterstab in den Garten zu gehen und die Mauer auszumessen und weil es so ziemlich stimmte, mußte der Schwiegersohn den Schmerzensengel hinausschleppen, auf die Mauer stellen und die Hasenederin lag im Gras, schaute hinauf und sagte: »Schee und paßt«.

»Geh weida, Muatta« weinte ihre Tochter, aber die Hasenederin meinte, sie wird viel ruhiger sterben und dann im Grabe liegen können, wenn sie genau weiß, wie alles ausschaut. Sie ließ den Engel deshalb auch auf den Friedhof schaffen und am Grabstein anbringen, und weil auch schon ein Bankerl da war, setzte sie sich hin und sinnierte. Als sie dann wieder daheim war, schloß sie sich in ihrem Stüberl ein und schrieb lange in ihrer altertümlichen Sütterlinschrift an einer Anweisung, wie das Begräbnis gehalten werden sollte. Die Musikstücke suchte sie aus, und fast hätte sie noch dem Kirchenchor die Lieder vorgeschrieben, aber das traute sie sich dann doch nicht. Nur mit Mühe redete die Tochter ihr eine Generalprobe aus. Wie's halt so geht, wenn jemand sich gar so stark fixiert, dauerte es noch lange, bis alle Zurüstungen der Hasenederin wirklich gebraucht wurden. Vorher lebte sie noch fidel, und wer von der Verwandtschaft und Freundschaft sie besuchte, mußte mit auf den Friedhof kommen und sich das Grab und und den Engel anschauen. Selten hat sich jemand so zufrieden, daß alles gerichtet ist, zum Sterben hingelegt wie die Hasenederin, der Herr Pfarrer hat denn auch von einem »gottzugewandten Leben und wohlgefälligen Sterben« gesprochen.

Sehr viel anders ist es der Bader Babett ergangen, die in Schlehreuth eingeheiratet hatte und der die Verwandtschaft und Freundschaft wegstarb. Viele waren es zuerst nicht gewesen, und Kinder hatte sie keine. Die Babett war deshalb sehr besorgt, daß ihr auch jemand auf d' Leich geht und weil sie wußte, daß ein Dienst den Gegendienst bedingt, so versäumte sie nicht ein einziges Begräbnis in Schlehreuth und in den Nachbarpfarreien. Die Bader Babett war überall zu sehen, schwarz gewandet und mit einem Schleier, und von ihr erzählen auch die Leute, daß sie in ihr nicht gewohnten Verhältnissen eine ihr vertrauenswürdig erscheinende Person beiseite nahm und halblaut fragte: »Wie ist's denn bei euch, weint man da schon vom Haus weg oder erst am Grab?«

Die Babett trieb das viele Jahre und wurde alt und kletzendürr dabei. Als sie dann aber an einem sehr heißen Julitag beerdigt wurde, da hatte niemand Zeit wegen der Ernte und der drohenden Wetter, und der Pfarrer geleitete die Babett ganz allein zu ihrer letzten Ruhe, denn die Sargträger darf man nicht mitzählen, die verrichteten ihre Arbeit mit Hast und ließen den Sarg in die Grube poltern. Der Pfarrer, der die Babett aussegnete, war neu in Schlehreuth, und deshalb wußte er nichts von ihr und den vielen, vielen Beerdigungen, zu denen sie hinging und wunderte sich nur, daß ein Mensch, der in einer Gemeinschaft lebt, so einsam sterben kann.

Daß die Schlehreuther mit dem Tod auf Du stehen, bewies auch die alte Schwarzin, die schon lange ein weißleinenes Totenhemd im Kasten aufbewahrte und es jedem zeigte, der zu ihr kam. Um Grab und Stein oder Engel kümmerte sie sich nicht, ihre Sorge galt dem letzten Kleid, und sie hatte das Hemd selbst genäht und viel Sorgfalt darauf verwendet. Es war fußlang und hatte um den Hals eine fein gefältelte Krause, die Ärmel schlossen mit Rüschen ab. Sie nahm das Hemd mit Sorgfalt heraus, hielt es vor ihren Leib, drehte sich ins Licht und fragte ihre Besucher, denen es kalt über den Rücken lief: »Ich werd' immer kleiner und schrumpel ein wie ein Lederapfel. Meinst, ich soll's Totenhemd kürzen?« Ihre Besucher versicherten ihr dann, das sei wirklich nicht nötig und schauten, daß sie weiterkamen. Als aber dann die Schwarzin gestorben war und im Leichenhaus aufgebahrt lag, kamen fast alle Schlehreuther, schauten durch die sich allmählich beschlagenden Fenster und sagten: »Schön liegt's da und das Hemd paßt ihr gut. Und um den Hals schließt es fein ab ...«

Heute zählt es zum Aberglauben, daß sich ein Sterbender »abmeldet«, und die Wissenschaft, die alles weiß und doch überhaupt nichts, läßt keine Zeugen gelten und keine Erfahrungen aus Jahrhunderten. Die Schlehreuther brauchten jedoch weder Wissenschaftler noch

Bücher, sie hatten ihre eigenen Erfahrungen, und denen trauten sie. Ist das denn etwa nichts, wenn an einem Abend die Familie beisammensitzt, derweil der Vater auf Reisen unterwegs und weit weg ist und man auf einmal seine Schritte auf dem Kiesweg vor dem Gartenzaum hört? Die schweren, ein bißl schleppenden Schritte, die nur der Vater hatte und an denen man ihn auch im Dunkeln erkannte. Und das Gartentor schwingt auf und knarrt, die Kinder rennen an die Tür, die Mutter stellt einen Teller mehr auf den Tisch, weil der Vater früher gekommen ist. Aber er kommt nicht herein, und als man hinausschaut, ist's draußen dunkel und leer, das Gartentor im Schloß. Die Mutter fängt an zu weinen und jammert, dem Vater ist was passiert, schaut auf die Uhr und wirklich am anderen Tag kommt die Nachricht, daß weit weg der Vater in derselben Stunde gestorben ist und noch recht nach den Seinen verlangt hat …

Beim Hansbauern z'Schlehreuth, der viel Äcker und Wiesen und noch mehr Wald gehabt hat, lebte die alte Godn im obersten Stock des großen Hauses, und direkt unter ihr hatten die vielen Kinder des Hansbauern ihre Stuben. Die kannten es gar nicht anders, als daß die Godn oben herumging, und sie kannten ihre Schritte auf den hölzernen Dielen. Vor allem, wenn sie vor dem Schlafengehen noch mehrere Rosenkränze und Gegrüßt seist du Maria betete und dabei immer zwischen dem Ofen und dem Bett zwanzig Schritte machte. Denn die Stube der Godn war sehr groß. Nun starb sie an einem sehr schneereichen Märztag. Mit viel Mühe wurde sie auf einem Schlitten zum Friedhof gefahren, und das Grab versank fast im Schnee. Der ganze Gottesacker war voller Leut', eine Dreiherrenleich' hat die Hansbauerngodn gekriegt, und zwei Wirtshäuser brauchten s' für die Totensuppn. Die Kinder aber haben mit Zittern und Grausen noch lange nachher die Schritte über sich gehört. Immer zu der Zeit, wo die Godn zu Lebzeiten zwanzigmal aufgestapft hat beim Weg vom Ofen zum Bett, hat man sie jetzt noch gehen hören. Weil die Kinder gar so gebenzt haben, ist der Bauer einmal hinauf und hat die Wohnung der Godn leer gefunden. Salz haben sie hingestreut, weil sie den erwischen wollten, der sich den Streich erlaubt, und der Bauer hat dreimal abgesperrt und den Schlüssel mitgenommen, den Kindern verboten, auch nur auf die Stiege zum obersten Stockwerk zu gehen. Trotzdem sind die Schritte wieder zu hören gewesen, und beim Nachschauen war das Salz noch so da, wie sie es hingestreut hatten. Ein paar Wochen lang ist der Geist der Godn vom Hansbauern noch im alten Stüberl auf und abgegangen, aber nachdem die Familie angefangen hat, genau zu der Zeit viele Gebete zu sprechen und für die Armen Seelen innig zu bitten, hat es aufgehört.

In Schlehreuth hat es auch eine Häuslerin gegeben, die früh den Mann verloren und mit einer kleinen Rente gehaust hat. Bis sie im Alter zu ihrer Tochter gezogen ist und bei der im neuen Haus oben eine Wohnung gehabt hat. Wurde endlich vom Alter krank und hat sich zum Sterben hingelegt, wollte in kein Krankenhaus, und die Familie der Tochter hat es ihr auch nicht angetan, sondern nach alter Sitte der Mutter hinübergeholfen mit Beten und Wachen und Dabeisein. Beide Töchter waren da, eine von auswärts hergekommen, dazu deren Kinder, und alle saßen ums Sterbebett herum, drunten war die Haustür zugesperrt. Wie sie mit dem Beten grad einmal aufgehört haben, ist plötzlich unten an der Haustür ein Rütteln der Klinke zu hören, so als ob jemand hereinwill und die Glocke nicht findet. Die eine Tochter denkt sich, wer da wohl so spät noch kommt, es muß wer von der Verwandtschaft sein, der vom Sterben der Mutter gehört hat, sie geht hinunter und macht die Tür auf – niemand ist draußen. Derweil sie noch schaut und sich wundert, hört sie oben die Schwester laut aufweinen, und wie sie hinaufläuft, hat grade die Mutter den letzten Atemzug getan. Die Schlehreuther haben es sich nie nehmenlassen zu glauben, daß der Geist der Sterbenden sich mit dem Geräusch abgemeldet hat, das die Lebende so oft gemacht hat. Sagte doch die Tochter immer: »Geh Mutter, lang doch die Türschnalln net so hart an, scheppert ja durchs ganze Haus ...«.

In Schlehreuth haben die Toten Verbindung mit den Lebenden und sei's auch nur im Traum. Dem Hirnschall Sebastian ist sein Vater zur Hilfe gekommen, wie es ausgeschaut hat, als ob alles verloren ist. Der alte Hirnschall war jemandem viel Geld schuldig und hat noch auf dem Sterbebett gesagt, es ist alles bezahlt. Drum war der Wastl sehr entsetzt, wie nicht lang' nach der Beerdigung der Gläubiger gekommen ist mit dem Schuldschein und das ganze Geld auf einmal verlangt hat. Von einer erfolgten Bezahlung war ihm rein gar nix wißlich, und was der Vater auf dem Sterbebett von erfolgter Begleichung gesagt hat, das hat ihm nur ein Lachen abgenötigt. Der Hirnschall Wastl war in großer Not und Bedrängnis, und fast wollte er dem Vater noch übers Grab hinaus gram sein, weil er ihn so hineingeritten hat. Aber er konnte dann doch nicht glauben, daß der Vater mit einer Lüge gestorben ist und hat viel gebetet und die Heiligen angerufen, und einmal in der Nacht träumte er lebhaft vom Vater, der vor ihn hinsteht und sagt, daß da und dort im Kasten (den sie alle schon hundertmal umeinander gekramt hatten) die Quittung für die zurückbezahlte Schuld zu finden ist. Ganz verstört war der Wastl am Morgen und hat es der Mutter gesagt. Die hat laut gebetet, und dann haben sie im Kasten nachgeschaut und hinter einer Ritze war die Quittung. Der Gläubiger hat nichts mehr gesagt und ist dem Wastl und seinem Hackelstecken künftig ausgewichen. Für den Vater hat die Familie noch viele male gebetet und Messen lesen lassen, aber im Traum ist er nicht mehr erschienen der alte Hirnschall aus Schlehreuth. Jetzt hat er seinen Frieden gefunden.

In Schlehreuth haben die Leute nichts wissen wollen vom Einäschern der Toten, und im Wirtshaus hat der Iglerbauer gesagt: »Geht's ma weida mit dem neumodischen Zeigs, ich laß mich eingrabn, wie ich's von Jugend auf g'wohnt bin.« Als aber der Müllner Peter gestorben ist, da hat sich sein Weib, die Kreszenz, doch zum Verbrennen entschlossen, und der Bestattungsunternehmer verlor seine berufliche Trauermiene und mußte sich für einen Lachkrampf entschuldigen. Denn die Kreszenz hatte ihren Wunsch so begründet: »Den Peter laß ma verbrennen, der hat zu Lebzeiten immer so kalte Füß' g'habt«.

Besser z'tot g'suffa als wie z'tot g'maht –
braucht ma net soviel wetzen

A guada Mo wird so lang g'lobt, bis er um sei
Zeug kemma is

Schlehreuther Parade

Die alte Apfelbäckin gehörte zu den Leuten in Schlehreuth, die grad' gut genug waren zum Scharwerken und Taglöhnen auf den Feldern der reichen Bauern, aber die haben auch noch gemeint, sie zahlen zu gut, und die Armen greifen zu stark in die Knonschüssel. Die Apfelbäckischen haben bei einem Bauern eine kleine, dunkle und feuchte Wohnung gehabt und dafür helfen müssen und das auch immer ohne Murren getan. Den Fons, ihren Ältesten, hat die Apfelbäckin am besten gemocht von ihren sieben Kindern, und sie war stolz, als er zu den Ulanen einrückt ist und das erstemal auf Urlaub kam und schöner und 'grader ausgeschaut hat als die Bauernburschen. Der Fons zog mit seinen Ulanen in den Siebzigerkrieg, und dann hat seine Mutter erfahren müssen, daß er bei einer Attacke auf die Franzosen zwei Gegner mit der Lanze erstochen hat und dann vom dritten Franzosen heruntergeschossen wurde von seinem Roß. Tot war er, der Fons, aber das Königreich Bayern hat ihm noch im Sarge eine hohe Tapferkeitsauszeichnung verliehen, und damit war für die Mutter eine Geldrente verbunden. Groß war sie nicht, sie hat eher Symbolwert gehabt als echten Wert, aber die Apfelbäckin hat die Urkunde für ihren Fons mit einem schwarzen Mascherl an der langsam vergilbenden Fotografie angebracht, die auf dem Kommodkasten gestanden ist.

Wie's halt so spielt, das Königreich Bayern ist mit der Welt, in der es Ulanen gab, untergegangen, nicht jedoch die Rente für die Apfelbäckin. Die hat, kein Mensch weiß warum und wie, das neue Bayern weitergezahlt und so schön langsam angeglichen an wer weiß was für Fortschritte, jedenfalls hat die Apfelbäckin für ihren toten Ulanensohn zuletzt 68 Mark gekriegt, und damit hat sie zwar mehr schlecht als recht, aber doch gehaust. Krumm von der Feldarbeit, hatschend wegen der Gichthaxn und mit einer scharfen Zunge begabt, hat sich die alte Apfelbäckin fortgebracht und ist steinalt geworden. Alle Kinder waren lange aus dem Haus. Eine Tochter, die in die Nachbarschaft geheiratet hatte, schaute nach ihr, aber das hat's eh nicht nötig gehabt, denn die Apfelbäckin hat sich alles noch selber getan. Und vor allem aufgebettet, an ihren Strohsack hat sie niemanden herangelassen. War sie mal liegerhaftig und wollte die Tochter das Bett umdrehen, hat die Alte gezischt und zugehauen, und deshalb hat man sie einfach gehenlassen.

Aber einmal war auch das armselige Leben der Apfelbäckin zu Ende, und der Pfarrer hat sie versehen, die Kinder sind gekommen samt den Enkeln und haben sie eingegraben. Unter die gefalteten Hände mit dem Rosenkranz drin hat man ihr das jetzt ganz blasse Bild des Ulanen gelegt samt der recht schmierig gewordenen und von Fliegenschissen gepunkteten Urkunde. Die Kinder haben sich die Kosten für die Leich' und die Totensuppen geteilt, und dann hat die Nanni, die Tochter, gesagt, schmeiß'n wir den durchgelegenen

Strohsack hinaus! Wie sie ihn aber aufgehoben haben, war er schwer, und es hat drin geklingelt. Die Apfelbäkkischen haben den Strohsack auf die Stubenbruck' geschmissen, daß es gestaubt hat und haben ihn auseinandergerissen, und da kamen so Stücker fünfzig Silbertaler zum Vorschein! Die hatte die Apfelbäckin all die langen Jahre einen nach dem anderen im Strohsack versteckt! Schief hat sie sich gearbeitet, und eine aufgeschmalzene Brotsupp'n war eine Delikatesse für sie, aber sie lag auf Silber!

Die Apfelbäckischen haben bewiesen, daß ihre Lebensschule ihnen was beigebracht hat, sie teilten der Erlös aus »dem Fons sei Geld« redlich und ohne Streit, und nur das tat ihnen leid, daß das Bild des Ulanen mit im Grabe versunken war. Und ein zweites hatte es nie gegeben.

* * *

Geld in der Matratze zu verstecken, ist zwar keine besondere oder nur den Schlehreuthern angehörende »Sucht«, wie man hierzulande sagt. Aber sie waren besonders mißtrauisch und vorsichtig, und hätte jemand (etwa ein Riese), an einem schönen Morgen unverhoffterweise alle Matratzen und Strohsäcke in Schlehreuth ausgeschüttelt – wie hätte es da geklingelt von Münzen und geknistert von Geldscheinen! Nur haben sie ihre Schätze geheimgehalten, und deshalb gibt es kaum Geschichten, die in die »Schlehreuther Menschenparade« passen. Nur vom Hansjakob ist etwas bekannt, und das geht so: Der Hansjakob war ein großer Bauer mit fruchtbaren Gründen und einem alten, gepflegten Wald, und dementsprechend füllte sich auch die alte Truhe mit dem eisernen Schloß, die neben seinem Bett stand. Die Frau vom Hansjakob hatte eh schon lange an ihn hingebenzt, er soll nicht so viel Geld im Hause aufheben, es kommt mal einer und schlägt sie alle tot. Und der Sohn, aus der Schule mit Wissenschaft heimgekehrt, hat von Zins und Zinseszins geredet und auch was vorgerechnet und deshalb hat sich der Hansjakob eines Tages entschlossen, die Truhe auszuräumen und auf die Bank zu tragen, was sich drin angesammelt hatte.

In der Nacht davor hat aber der Hansjakob einen Traum gehabt. Er war allein auf einer großen, weiten Fläche und traf auf ein Tier, das er noch nie gesehen hatte. Wie ein Hund und doch nicht ganz so, mit einem großen Kopf, getüpfeltem Fell und einem Körper, der nach hinten zu kleiner wurde und in krummen Beinen auslief. Dieses Viech, vor dem der Hansjakob in seinem Traum voller Angst davonlaufen wollte und nicht konnte (man hat sowas selbst schon geträumt!) schrie ihn an und zwar mit einem Gekreisch, das dem Lachen ähnlicher war als alles, was dem Hansjakob bisher untergekommen war. Kurzum, das gräusliche Untier lachte und lachte!

Der Bauer kam morgens ganz deschp'rat an den Tisch und erzählte seinen Traum, der ihm noch lebhaft vor Augen stand, und es bewährte sich erneut die Wissenschaft des fleißigen Schülers. Der erklärte den gebührend beeindruckten Eltern, der Vater habe von einer »Hiiänna« geträumt, zeigte auch das Bild des Aasfressers aus seinem Buch, und die Bauernfamilie rätselte, was um Himmelswillen der Vater mit einer »Hiiänna« zu schaffen hat und weshalb sie ihm untergekommen ist. Die Bäurin meinte, das habe sicher was mit dem Gang zur Bank zu tun und dem Geld, und sie stöberte im Kasten nach dem Traumbuch, das noch von der Godn her da war. Selten schaute jemand hinein, denn wann träumen Bauern in Schlehreuth schon wie Josef in Ägypten, daß sie sich was erklären lassen müßten? Nun, im Traumbuch der Godn stand drin, daß eine lachende Hyäne, die dem Träumer unterkommt, einen Bankier bedeutet!

Nichts weiter, nicht ob gut oder schlecht, einen Bankier bedeutet die lachende Hyäne! Der Hansjakob schaute seine Frau an und seinen Sohn und machte den Deckel der Truhe wieder zu, ging nicht zur Bank, und es war dann er, der lachte wie eine »Hiiänna«, als er nicht viel später erfuhr, daß seine Bank »abgehaust« hatte und der Bankier »von Federn auf Stroh gekommen war« und viele Leute alles verloren hatten oder nur einen Anstandsrest retteten. »Bua«, sagte der Hansjakob zu seinem Sohn, »sag'ma du ja nix mehr gegen d' Hiiänna! Des hand brave Viecherl, und schau zua, daß d' a Bildl davo kriagst, des hänga ma i' da Stub'n auf«. Und das tat der Hansjakob auch und blieb ein reicher Bauer, solange es die Politiker ihm erlaubten.

* * *

Den Schlehreuther Müller haben die Leute nie mit seinem Namen genannt, sondern er war für alle, sogar für die Kinder, der »Oachkatzl«. Und das kam von einem Spruch her, den der Müller ständig im Munde führte, indem er von jemanden, der buschige Haare in der Nase hatte, sagte »dem is an Oachkatzl auffig'-schloffa und laßt n'Schwoaf außahänga«. Der Müller lernte bald, daß Ärgern und Schimpfen nichts hilft und ließ sich einfach so nennen, ja, er »verinnerlichte«, wie die moderen Menschenkundler (die überhaupts nix Brauchbares von dem Menschen wissen) sagen, diesen Namen so, daß er sich am Telefon in der Mühle selbst mit »Hier Oachkatzl, wer da?« meldete. Der Müller oder Oachkatzl nun hatte mehrere »Suchten«, und eine war, daß er sich jeden Tag, sommmers wie winters, im Wassergrand vor seiner Mühle wusch. Der Grand war graniten, groß, tief und lang und hatte auf der Seite ein Wappen eingemeißelt, das der Großvater des Oachkatzl einschlagen ließ, als er vor Jahrzehnten den schweren Grand aus einem großen Stein hauen ließ und mit Ochsen auf der »Schleif« herschleppte. Das Wappen zeigte einen Esel mit einem Sack; rechts oben ein grinsendes Fratzengesicht und links unten Sonne und Mond. Denn dem Müller sein Großvater war ein Kauz gewesen, und kauzig war auch der Müller selber.

Deshalb trat er jeden Morgen, mochte das Wetter sein wie auch immer, vor die Haustür, nur eine Müllerschürze um, der haarige nackte Arsch schaute hinten heraus. Der Oachkatzl sagte, wer seinen buschigen Schweif sehen will, soll nur kommen, aber es kam niemand, und die Weiber, die den Müller und seine »Suchten« bestens kannten, liefen schon weg, wenn nur die Haustür aufging. Der Müller trat an den Grand heran, in den aus einem hochgebogenen Eisenrohr ein kräftiger Strahl kaltes Wasser aus der Hofwiesenquelle lief und tauchte den Kopf ein, ruderte mit den Armen, prustete wie ein Walfisch und hob dann, um die Zeremonie vollzumachen, den Schurz auf und schaufelte mit seinen Pratzen Wasser darunter. Dazu schrie und pfiff er, und das trieb der Oachkatzl jeden Tag. Wenn im Winter der Grand eine Eiskruste hatte, mußte der Müllerbub vorher mit einer Haue hinausgehen und das Wasser freimachen. Der Oachkatzl sagte, dieses kalte Waschen sommers und winters erhalte ihn stark, kräftig, und eine Krankheit kenne er nicht. Wenn's nach ihm ginge, derhungerten Doktor und Apotheker.

Der Müller hatte tatsächlich eine sehr stabile Gesundheit, und vor allem im Magen fehlte ihm nichts. Deshalb trank er, ohne sich viel anmerken zu lassen, zwanzig Maß Bier und plätscherte vor der Wirtshaustür dermaßen, daß sich die Nachbarn aufregten. Hatte er sein Quantum, pflegte der Oachkatzl seine Geschichten, von denen er förmlich überlief, derart laut zu erzählen, daß in Schlehreuth niemals ein Zweifel daran bestand, wo sich der Oachkatzl gerade aufhielt. Brauchte ihn sein Weib, dann schickte sie den Müllerburschen oder die Magd mit der Weisung ins Dorf: »Luus aaf, wo's am bessern schrein, da is da Moasta ...«

Der Oachkatzl nun machte sich in der schlechten

Zeit das alte Müllerprivileg zunutze und brannte schwarz Schnaps. Er zweigte von jedem Sack Korn, den ihm die Bauern zum Ausmahlen brachten, ein paar Handvoll ab und maischte in einem eichenen Bottich ein. Zum Schnapsbrennen hatte er sich (mit Hilfe seines Spezi, des Spenglers Naz Meier) eine Vorrichtung aus einem alten Waschkessel, einer Kupferpfanne, die etwas umgehämmert wurde, ein paar spiraligen Röhrchen und einem ausgedienten gläsernen Potschamperl gemacht, was aber der Qualität seines »Selberbrennten« nicht schadete. Nur den Fusel brachte er nicht ganz heraus, meinte aber zu seinen Kunden, wenn ihnen der Schnaps nicht schmeckt, brauchten sie gar nicht zu kommen. Leere Flaschen mußten sie übrigens auch mitbringen, und damals wurde für eine Literflasche Schnaps 200 Mark bezahlt. Grad' soviel, wie für ein Pfund Butter.

Die Obrigkeit in Gestalt der Schandarmen sah das schwarze Schnapsbrennen gar nicht gern, und deshalb passierte es dem Oachkatzl schon einmal, daß er gerade die Maische fertig hatte und unter der Brennblase schon »a'zundn« war, als die Schandarmen ins Dorf einfuhren und er den ganzen Kübel voll Maische hastig in das bereitliegende Besenreisig schütten mußte. Gefunden wurde natürlich nichts, auch die Brennerei nicht, denn die konnte man flugs hinter einen Holzstoß schieben. Aber das ganze Dorf stank nach Maische, und die Schandarmen schnofezten ein bißl, fuhren dann aber auf ihrem alten Zündapp-Motorrad wieder weg. Ganz scharf schauten sie dem Oachkatzl eh nicht auf die

Finger, denn wenigstens zu Weihnachten wollten sie schon auch einen Schnaps. Deshalb konnte es durchaus passieren, daß sich ein Schandarm gemütlich beim Fenster hineinlehnte in die Stube vom Müller und sagte: »Ha, Oachkatzl, heut rauchts wieder stark aus deim Kamin. Hoaz halt net garso ein, daß die's net segn i'da Kreisstadt drin' ...« Dann wußte der Oachkatzl, daß bald nachgeschaut würde, und er löschte das Feuer und räumte die Brennerei weg.

Einmal aber glückte das nicht, und außerdem kamen fremde Schandarmen. Deshalb passierte es, daß ein Wagen in der Kreisstadt einfuhr, auf dem in Kartoffelkörben eine Menge volle und halbvolle Schnapsflaschen melodisch schepperten und zwei Söhne des Müllers und drei Schandarmen wenig melodisch sangen. Unterwegs war nämlich »so a Hundsflascherl, a varreckts« aufgegangen, und ehe man den kostbaren Saft ausrinnen ließ, wurde er gemeinsam getrunken. Die Gaudi war groß, eingehängt und mit vertauschten Kopfbedeckungen schwankten die Schandarmen und ihre Gefangenen vom Wagen zur Wache und in die Tür hinein. Die zusammenlaufenden Leute hörten drinnen den Chef schrecklich plärren. Der Oachkatzl aber, als er vom Abenteuer seiner Buben erfuhr, fragte sie: »Habt's es g'sehng, der Postenkommandant hat sovui Haa i'da Nosn, als wenn eam a Oachkatzl affigschloffa wa und n'Schwoaf außahänge loßat ...«

Oachkatzl's Geschichten

Der Müller von Schlehreuth, den die Leute Oachkatzl nannten (und er sich zum Schluß auch), erzählte im Wirtshaus von Schlehreuth mit brüllender Stimme immer neue Geschichten. Eine davon war die vom goldbordierten Hut des bischöflichen Pflegers, der sich einbildete, daß ihm eine solche Kopfbedeckung zusteht. Er kaufte sich also den Hut und ließ eine breite, sich kranzelnde Goldborte darum machen, bezahlte aus der Pflegerkasse und verbuchte die Sache. Der fürstbischöfliche Kämmerer aber schrieb ihm, daß ein Hut mit Goldborten einem Pfleger nicht zusteht und er ihn gefälligst selbst bezahlen soll, wenn er schon so hoffärtig ist, einen aufsetzen zu wollen. In der Pfleggerichtsabrechnung an die hochfürstliche Hofkammer habe jedenfalls der Betrag nichts zu suchen. Wie der Müller weiter mit Donnerstimme auseinandersetzte, ließ es der Pfleger (ein rechthaberischer Mensch) nicht dabei bewenden, und so fand der Camerarius den goldbordierten Hut auf der nächsten Jahresrechnung wieder. Diesmal wurde er ungnädig und beschied den Pfleger, er solle sich nicht unterstehen, den Hut erneut in den Rechnungen aufscheinen zu lassen.

Der Herr Camerarius war neugierig, als es wieder soweit war und schaute selber nach, aber weder er noch der Hofkammerschreiber konnten den goldbordierten Hut finden. Deshalb triumphierte der Herr Prälat und schnaubte den Pfleger an beim nächsten Treffen: »Euer goldbordierter Hut! Seht Er wohl, jetzt ist er nicht mehr in der Pfleggerichtsrechnung!« Der Pfleger (wie gesagt ein hartnäckiger Mensch) entgegnete: »Gnaden Herr Camerarius, drin ist er schon noch, nur Ihr findet ihn nicht mehr!«

Der Oachkatzl hatte eine Pfarrergeschichte auf Lager, mit der er den Schlehreuther Pfarrer ärgerte. Er behauptete nämlich, daß einer seiner Vorgänger folgendermaßen gepredigt habe: »Ich habe euch heute von drei Dingen zu unterhalten, das erste wißt ihr und ich nicht, das zweite weiß ich und ihr nicht und das dritte wissen wir alle miteinander nicht. Das erste ist, wenn ihr während des Gottesdienstes aus der Kirche und ins Wirtshaus lauft, das zweite, was ich weiß und ihr nicht, wer von euch mir den Zehnten schuldig ist und das dritte, das weder ihr noch ich wißt und das wir beide nicht verstehen, ist das heutige Evangelium ...«

Von diesem Pfarrer berichtete der Oachkatzl auch mit Stentorstimme, er habe gesagt: »Wir sind nicht stolz darauf, daß unser Heiland nach seiner Auferstehung zuerst einer Frau erschien, denn er tat dies nur zu dem Zweck, daß die fröhliche Nachricht um so schneller unter die Leute kommen möge!«

Der Oachkatzl behauptete, einmal habe jemand diesen Pfarrer drangekriegt. Er verwahrte nämlich sein Geld im Sakramentshäuschen und legte einen Zettel drauf: Hier ist der Herr! Ein Dieb (ein Schlehreuther natürlich, wer sonst?) stahl das Geld und schrieb auf dem Zettel drunter: Er ist auferstanden und nicht hier ...

Vom Schlehreuther Bürgermeister erzählte der Müller folgende Geschichte: Er habe es einmal nicht »g'raten können« und mußte zur Feuerwehrgeneralversammlung gehen. Der Pfarrer war schon da und saß beim Vorstand und Kommandanten am Tisch. Der Bürgermeister im Hereinkommen: »S'God Herr Pfarrer, lang net g'sehgn ...« Der Pfarrer: »Ja, weilst owei net i'd Kircha gehst ...« Der Bürgermeister: »Und Es ned ins Wirtshaus ...«

Als es dem Schlehreuther Pfarrer einmal zu dumm geworden war, dem Oachkatzl seine Schandreden anzuhören, kündigte er an, bei der nächsten Predigt werde er dafür sorgen, daß d' Leut wirklich was zum Schmatzen bekommen. Die Kirche war voll wie nie, und der Oachkatzl saß ganz vorn und wartete. Der Pfarrer von Schlehreuth predigte wie immer (der Müller sagte: Über die Sünde, und er ist dagegen!), aber sein letzter Satz lautete: »Heute ist in eurem Nest/das berühmte Kirchweihfest/darum lasset euren Kuchen/euren Pfarrer auch versuchen!« Der Oachkatzl rief dröhnend »Bravo!«, und dem Bischof wurde gesteckt, die Leute hätten laut gelacht und geklatscht.

Vom Bürgermeister, den er besonders auf der Latten hatte, erzählte der Oachkatzl, man habe ihn einmal dabei erwischt, wie er einen Buben abgewatscht hat, daß der Rotz und Wasser heulte. Auf die Frage nach dem Warum und Wieso und wer der Bub ist, hat der Bürgermeister gesagt: »Das ist der Sohn meines Bruders aus der Stadt, der hält sich hier nur ein paar Tage zum Vergnügen auf.«

Von sich selber hat der Müller aus seiner Kindheit erzählt, daß sein Vater zu arm war, ihm Schuhe zu kaufen, und sogar die Holzschuh' hat's nicht »dergleckt«. Deshalb mußte er als Hüterbub noch im Herbst draußen, wenn's schon fror, barfuß im warmen Kuhdreck stehen, um sich die Zehen zu wärmen. »Bruada, da bin i de Kia hinterdreigrennt, koam daß oane den Schwoaf hebt!« sagte der Oachkatzl und brachte mit seinem Lachen die Biergläser in der Anrichte zum Klirren, »aber g'frorn hab i net!«

Die Schlehreuther Neujahrsmusikanten hat der Müller ausgerichtet, indem er von ihnen behauptet hat, jedesmal, wenn sie mit ihren Instrumenten vor ein Haus ziehen, dann geht einer voran und fragt erst höflich, ob die Katz' daheim ist. Denn ist sie es, dann trauen sie sich nicht mehr zu spielen, weil bei anderer Gelegenheit eine Katze, vom Höllenlärm der Musikanten erschreckt, durchs Fenster gesprungen ist und samt Scherben und Blumentöpfen in den Instrumenten landete ...

Ohne den Oachkatzl wären die Leut' es auch kaum inn'worden, was der Birkhofbäuerin unterlaufen ist, die fromm in die Kirche geht und's Gebetbüchl aus der Tasche zieht – an seiner Statt aber ein Rankerl G'selchts in der Hand hat. »Jeggerl, jetzt hab' i's Gebetbuch ins Kraut da ...«, sagte sie ganz laut, und es fehlte ihr die Andacht; schnell ist sie nach der Kirche heim, und da fand sie den Mann, wie er die Knödel und das Kraut gegessen und das Gebetbuch in der Soße liegengelassen hat.

Und, zan Hoamgeh' erzählte der Oachkatzl noch, wie sie einmal den Schlehreuther Gemeindestier durchs Dorf geweist haben, ein Bummerl wie eine Lokomotive, und bloß ein Gemeindearbeiter hat sich hingetraut zu dem, weist ihn am Stock am Nasenring, schaut sich nicht um und freut sich, daß der Stier so brav hinterhergeht. Ist erst aufmerksam geworden, weil die Leut' alle davon sind und die Türen zugeworfen haben. Da schaut er sich um und merkt, daß er allein den Stecken hinter sich hertragt mit einem durchgerosteten Nasenring dran. Der Bummerl aber ist stehengeblieben und hat in eine Auslage geschaut, derweil die Leute drinnen Zeichen mit den Händen gemacht haben. »Kaaft's hoid an goidan Nasenring, der rost denerscht ned!« hat der Müller dem Bürgermeister zugerufen und ist zufrieden heimgegangen, nachdem er an diesem Tage alle seine Geschichten losgeworden ist. Und am nächsten Morgen hat er sich dann wieder im Wassergrand vor dem Haus gewaschen, die Müllerschürze vorgebunden und hinten hat der behaarte, nackerte Arsch herausgeschaut. Ja, so war er, der Oachkatzl von Schlehreuth.

Drei Weiber geb'n an Kirta, viere an Jahrmarkt

Noch ein paar Doktorgeschichten

Der Doktor z'Schlehreuth mußte schließlich auch leben, und deshalb schnaubte er stark durch die Nase und tat einen verachtungsvollen Lacherer, als er von der Eisenbarth-Kur des Sumserbauern hörte. Der hatte sich in einem bitterkalten Winter die Finger erfroren und tat nichts dazu, sie behandeln oder gar heilen zu lassen. »Ei'gfatschend« überließ er sie sich selber mit dem Ergebnis, daß das Fleisch abfiel und erst im Gesunden langsam verheilte, die Knochen aber aus den Narben herausschauten wie Steckerl aus einem Fisch. Zuerst hat's dem Sumserbauern was abgegeben, die Leute im Wirtshaus gruseln zu machen, wie er mit seinen Knochenfingern auf der Tischplatte trommelt und er hat auch probiert, die Trümpfe so richtig auf den Tisch zu hauen, und dem Platschen der Karten ein knöcherndes Scheppern hinzuzufügen. Die Mit-Schafkopfer haben das jedoch nicht gemocht und den Semserbauern dauern blöd angeredet, und er hat es auch selber gemerkt, daß es so nicht bleiben kann, weil ihm die Arbeit nicht mehr so von der Hand gegangen ist.

Schickt also der Sumserbauer von Schlehreuth seinen Sohn zum Schmied, daß er die Zange ausleiht, mit der die Hufnägel abgezwickt werden. Der Schmied hat sie auch hergegeben, obwohl er mißtrauisch war, daß die geizigen Sumsern jetzt ihre Rösser schon selber beschlagen. Er kriegte aber seine Zange schnell zurück, und der Sumser-Martin hat ihm erzählt, wofür sie's gebraucht haben. Der Vater hat nämlich dem Buben angeschafft, daß er die Zange nimmt und einen Fingerknochen nach dem anderen ganz nah am Fleisch abzwickt. »Depp, mach' d' Augen net zua dabei!« hat der alte Sumser seinen Sohn angeknurrt, »no kürzer soin meine Finger net wern!« Und so hat der Martin mit Todesverachtung, aber kräftig zudrückend, einen hervorstehenden Fingerknochen nach dem anderen abgezwickt, derweil der Alte gepfiffen hat und nur ein wenig gebrummt. S' ist weiter nichts passiert nachher, und der Sumser hat noch lange gelebt und gearbeitet, und das hat den Doktor von Schlehreuth mit am meisten gewurmt. Eine hübsche Blutvergiftung hätt' er ihm schon gegönnt.

Mit den Bauern machte der Doktor eh so seine Erfahrungen. Er hat gern davon erzählt, die Namen und Orte weggelassen, aber in Schlehreuth und Umgebung hat jeder gewußt, wer, was und wo. Einen Bauern hat der Doktor auf dringende Bitten der Frau eilig besucht, weil er sich eine schwere Lungenentzündung eingefangen hat. Wie er ins Stübel tritt, findet er den Bauern am Bettrand sitzend, die Füße in einer blechernen Schüssel, in der Wasser dampfte. »Ja, was treibst du denn da?« hat der Doktor gefragt, und der Bauer antwortete gemütlich, daß er sich die Füße wäscht – »woaßt, da hab' i' jetzt Zeit dazua.« Ist ebenso gesund geworden wie der Bauer, der dem Doktor gesagt hat, er soll ihm recht viel aufschreiben – dies und das und dees anu! Der Doktor hat ihn gefragt, was er denn mit den verschiedenen Arzneien will und der sell' Schlehreuther Bauer hat geantwortet: »Werd's scho ebbs dabeisei, das ma hilft!«

In Schlehreuth waren damals noch die riesenhaften Federbetten in Gebrauch, »Plümoo« genannt, und eins hat nicht ausgelangt, ein paar mußten es sein. Deshalb hat der Doktor oft erzählt, wenn er zu Kranken kommt, findet er sie zuerst nicht im Bett und muß nach ihnen graben! Dick wie die Betten waren auch die Kinder, die die Schlehreuther, fern jeder modernen Ernährungslehre, mit Mehlsuppen gefüttert haben. Einmal ist das dem Doktor zu dumm geworden, und er hat einen Bauern, der schöne Sau' im Stall gehabt hat und einen Säugling in der Wiege, so rund wie eine Kugel und schwer wie die kleine Pummerin im Kirchturm, gefragt: »Sag amal, Bauer, wollt's ihr des Kind verkaufen?« »Ja sowedenn?« hat der Bauer gegengefragt und der Doktor hat gesagt: »Weil's es so dick fütterts ...«

Selber wollte der Schlehreuther Doktor nicht dick werden, und seine Frau hat besonders auf ihn geschaut, ihm was Mageres gekocht und ihn gemahnt, das fette Schweinerne nicht zu essen, das ihm die Bauern oft hingestellt haben, wenn er wieder mal nach der Marie-Tant' geschaut hatte, die den schönen Holzacker besaß und nicht wußte, welchem Neffen ihn vererben ...

Kurzum, der Doktor hat wieder einmal eine der (meist vergeblichen) Abmagerungskuren gemacht, war hautig beisammen und mußte zu einem Krankenbesuch ausrücken; grade daß er noch einen Apfel gegessen hatte zuvor. Wie er dann in die Stube bei den Häuslleuten getreten ist, fand er die kranke Frau im Bett auf dem Stroh liegen ohne Tuchert und ein kleines Kind mit ihr zusammen. Auf dem Ofen kochte das Saufutter und daneben die Milch, nasse Socken hingen auf dem Ofenstangl, und von ihnen tropfte es auf die Herdplatte – die kleinen Fenster waren pickelfest zu und eh' daß der Doktor richtig hinschauen und zweimal schnaufen konnte, hat's ihn »gereckt« und er hat draußen auf der Gred »g'spiem wia a Hoazathund«. Die Frau drinnen auf ihrem Stroh hat dem Würgen und Husten des Doktors zugehört, und wie er blaß und mit kaltem Schweiß auf der Stirn wieder hereingekommen ist, da hat sie leise gesagt: »Gellda, Herr Dokta, Eana is net guat? Se wern hoid aa d' Sucht ham.«

Die Schlehreuther waren stets und sind noch heute kernfeste Leute, und »a ganz a keebige« war die Reiter Burgl, dritte Tochter von Häusllleut und deshalb früh im Dienst. Da und dort ist sie gewesen und zuletzt im Graphitwerk, das nicht weit von Schlehreuth weg entstanden war aus den alten Gruben der Doherbauern. Die Burgl hat in dem Werk, das vom Keller bis zum Boden kohlschwarz war vom Graphit, mit anderen Weibern an einem langen Tisch gestanden und hat den Flockengraphit, wie er aus der Trocknung in der Aufbereitung gekommen ist, abgefüllt. Vorgebunden hat sie eine Schürze gehabt, bei der das Waschen nichts mehr ausgeschafft hat, und deshalb blieb die Schürze schwarz und graphitglänzend und steif wie Leinen. Die Burgl hatte aber neben ihrer Arbeit in der Fabrik und daheim noch das, was man heute ein Privatleben nennt, und deshalb merkte sie auf einmal, sie kriegt ein Kind. Das Wort Mutterschutz war damals noch nicht erfunden, und deshalb ist die Burgl mit den anderen Weibern jeden Tag in die Fabrik gegangen und hat halt ihre Arme immer weiter nach dem Graphit ausstrecken müssen, weil der dicke Bauch sie nicht mehr an den Arbeitstisch herantreten hat lassen. So hat die Burgel bis zuletzt ihre Arbeit verricht', und am Tisch, in der schwarzen Schürze, haben sie die ersten Wehen überrascht. Und wie sie achezt und sich krümmt, haben die anderen Weiber dem Vormann geschrien, und der hat zur Burgl gesagt, sie soll sich heimschleichen, die angefangene Stunde schreibt er ihr noch auf.

Der Burgl ist nicht in den Sinn gekommen, daß ihr jemand helfen könnte oder sie gar drum bittet, sie ist einfach hinausgegangen aus der Fabrik und »zwerkst« über die Wiesen auf dem kürzesten Weg heim. Dabei war ihr ein Wassergraben im Weg, und wie sie mit einem großen Schritt drübergegangen ist, fiel ihr auf einmal das Kind heraus und in den Graben. Die Burgl hat das schreiende Dingerl aufgehoben, in ihre Graphitschürze gewickelt, hat ihre Beine zusammengezwickt und ist so noch heimgegangen, hat sich dort aufs Bett gelegt, und die Mutter und die Nachbarinnen haben den Bankert abgenabelt und versorgt. Der Schlehreuther Doktor, den sie noch geholt haben und der diese Geschichte sicher hundertmal erzählt hat, fand alles bestens vor, und passiert ist nix, nicht der Mutter und nicht dem Kind. Der in den Graben gefallene Bub ist groß und stark geworden, schön grade gewachsen, und sie haben ihn gut brauchen können beim Militär, aber in Rußland hat ihn eine Kugel erwischt, und er verblutete in einem kleinen, wassergefüllten Graben. Seiner Mutter hat man es nicht gesagt.

Der Schlehreuther Doktor war, wie man sich leicht denken kann, auf allerhand gefaßt bei seinen Hausbesuchen, und er hat in seiner Ledertasche deshalb Sachen mitgeschleppt, die niemand dort vermutet hätte. Als er einmal zu einer Geburt gerufen wurde, die sehr schwer und gefährlich war, langte er in seine Tasche und hängte die Spieluhr, die er darin aufbewahrte, neben dem Kopf der Wöchnerin an der Wand auf und ließ sie immer wieder ihre Melodie zirpen. Das erwies sich als sehr beruhigend und spannungslösend, und so brachte der Schlehreuther Doktor auch diese Geburt glücklich zu Ende. Und die Krankenkasse hat die Spieluhr keine Mark mehr gekostet!

Was a hängate Letsch'n is, die hängt, aa wenn's net regn't

Der Schlehreuther Fuhrmann

Der Gotthardl war der Schlehreuther Fuhrmann, und wenn einer da war, der was von Rössern verstanden hat, dann er. Der Gotthardl kam von armen Leuten her, und schon im letzten Schuljahr hat ihn sein Vater bei einem Bauern in Schlehreuth verdingt, da hat er als Futterbub angefangen. Früh hat er aufstehen müssen und hart zupacken, besonders freundlich waren weder der Bauer noch der große Knecht, aber weil der Gotthardl von daheim keine Zimperlichkeit gewohnt war, hat er sich dreingeschickt, und bald kam schon an den Tag, daß er es mit den Rössern besonders gut kann. Schon wenn er in den Stall gekommen ist zum Fürgeben, haben der Braune und der Fuchs den Kopf nach ihm gedreht, haben geschnoben und gestampft und die Köpfe an der Schulter des Buben gerieben.

Der hat dann mit den Rössern staad geredet, hat sie gelobt, ihnen den Hals getatschelt und ihnen in die Nüstern geblasen. Der Braune und der Fuchs haben die Haut zucken lassen über der Kruppe, und daß es ihnen wohltut, konnte jeder sehen. Vom Gotthardl haben sie sich alles gefallen lassen, die Beine hochheben und die Hufe ausscheren. Beim Einspannen war der sonst so stitzige Fuchs lammfromm, daß der Roßknecht gesagt hat, der Gotthardl ist ein Hexer. Aber das war nicht bös gemeint, sondern als Anerkennung, und bald schon ist der Bub mehr im Roßstall gewesen und mit dem Fuhrwerk unterwegs, als anderswo, und der Bauer hat gemerkt, daß seine Tiere besser arbeiten und nicht krank werden, solange der Bub sie betreut. Deshalb ist der Gotthardl schon in recht jungen Jahren selber ein Rosser geworden, und grad wegen dem Braunen und dem Fuchs ist er bei diesem Bauern lange geblieben.

Dann hat er sich aber doch einen anderen Dienst gesucht zu Lichtmeß und ist umgestanden zum größten Bauern von Schlehreuth, der vier Rösser gehabt hat. Zwei davon waren Rappen und so schön, daß ein jeder sie dem Bauern geneidet hat. Die Kummete für die Rappen hat der Gotthardl immer geputzt. Und fährt er am Sonntag mit dem Laufwagl den Bauern und die Bäuerin in die Kirche, so funkelt und glänzt es, und das Geschirr scheppert so reich, daß alle hergeschaut haben zu ihm. Der junge Rosser hat seine lange Geißl knallen lassen und die Rappen mit einem Schnalzer aufgemuntert, und dahin ist's gegangen, daß es eine Freud' war. Der Bauer hat sich aber eingebildet, er ist selber ein Pferdekenner, und einmal hat er den Rosser daheimgelassen und ist allein losgefahren.

Das ist ihm aber nicht gut bekommen, weil er die Rappen die Geißl 'naufgehaut hat, und das konnten sie nicht leiden – nur das Schwenken und Knappen vom Gotthardl seiner Peitsche über ihnen in der Luft haben sie sich gefallen lassen. Deshalb ist der Wagen samt dem Bauern drauf umgestürzt, das Waagscheitl ist gebrochen, das Leitseil gerissen, und die Rappen haben sich beim Auskeilen und Steigen wehgetan. Der Bauer, kaum wieder daheim, hat sich hoch und heilig vermessen, er derschlagt die Schinder mit eigener Hand. Aber der Gotthardl hat ihn beruhigt, und auch die Rösser waren bald wieder wie vorher, weil der Bursch ihnen die richtigen Worte gesagt hat und sie an der richtigen Stelle angefaßt hat. Können muß man es halt mit den Pferden!

Der Gotthardl ist im Laufe seines Lebens noch bei anderen Bauern eingestanden, aber mit den Rössern hat er stets gut umgehen können, und er hat gewußt, wie er sie anpacken muß. Einmal, es war zu der Zeit, ehe es im Wald die guten Straßen gab, da ist der Rosser mit einem beladenen Fuhrwerk, vor das zwei schwere Kaltblüter gespannt waren, von Schlehreuth über Wildmoos nach Hohenmarkt gefahren. Der Weg war herzlich schlecht, eigentlich war's gar keiner, nur Gliaßen, Löcher voll Wasser und Steine dazwischen. Wie der Gotthardl so daherknarrt auf dem miserablen Weg, holt er den Herrn Pfarrer von Wildmoos ein, der zu Fuß unterwegs war nach Hohenmarkt, seinen Konfrater besuchen zum Reden über die Sünden der Welt oder vielleicht auch bloß zum Kartenspielen. Damals sind die geistlichen Herren noch nicht mit einem Rollkragenpullover herumgerannt und mit der katholischen Jugend in die Disko gegangen – sie haben eine Soutane getragen – und weil der Weg gar so lehmig und naß war, hat der Herr Pfarrer von Wildmoos sein geistliches Gewand gelupft und ist recht stelzbeinig dahergeschritten, der Dreck ist ihm von oben in die Schuhe gelaufen.

Da kommt ihm die Einladung des Gotthardl zum Aufsitzen und Mitfahren gerade recht. Er setzt sich auf die Roßdecke auf dem Brettl neben den Rosser und schaut gleich ganz anders aus. Aber da kommt der Wagen an die berühmte Stelle, wo dem Bürgermeister von Schlehreuth die Böhmschuhe abgesoffen sind und er strumpfsockert heimgehen hat müssen. Der Wagen sinkt hinten bis auf die Achsen ein und bleibt stehen. Die Rösser steigen und schnauben, schwitzen und drehen sich im Geschirr, treten über die Stränge – kurzum, weiter ist's nicht mehr gegangen. Der Gotthardl schiebt den Hut von einer Seite auf die andere, läßt die Geißl schnalzen und spart nicht mit Wüa, Rösser, Wüa! Aber fest sind sie gesessen, und eine ganze Weile war der Herr Pfarrer von Wildmoos geduldig im Herrn, aber weil der Rosser gar nichts dergleichen getan hat, daß sie weiterkommen, da fragt er ihn: »Ha, sag amol, solln mir übernachten da in dem Hohlweg?« Der Gotthardl aber druckt ein wenig herum und sagt dann zum Pfarrer, daß sie nicht weiterkönnen, solange daß er dabei ist. Ja wie denn das, will der Geistliche wissen, und da muß der Rosser mit der Sprache heraus, daß seine Pferde es von ihm kennen, daß er mit ihnen schlimm flucht und gottslästerliche Reden führt und alle Höllenteufel und die Seligkeit und unsern Herrn Jesus druntermischt und das alles mit Fuhrmannsgrobheiten gesalzen und gepfeffert, halt gradso, wie es der Herr Pfarrer in der Predigt immer verdammt und es den Fuhrleuten als schlimme Sünde verweist.

Da sitzen sie also, der Fuhrmann und der Pfarrer auf

dem Brettl mit der harten Pferdedecke drauf, und es wird sozusagen eine Beichte von der Sünde des Fluchens. Und kann er denn all die Worte schreien, solange der Pfarrer dabei ist? Nein, kann er nicht, und deshalb müssen sie wohl dableiben in dem dreckigen Hohlweg. Der Herr Pfarrer schaut den Gotthardl an, kratzt sich den Kopf. Hohenmarkt zu dunkelt schon der Abend herauf, und dann sagt er: »Naja, wenn deine Roß' nur dann ziehen, wenn's d' mit ihnen fluchst, so laß halt außa, damit wir weiterkommen! Mußt aber dann am Sonntag bei mir beichten!«

Der Gotthardl hört's, macht's Maul auf flucht und vermaledeit, läßt die Geißl schnalzen, und die Rösser spitzen die Ohren, ziehen an, springen, die Kummete krachen. Der Wagen ruckt und vorwärts geht's, Hohenmarkt zu. Und wie sie so dahinfahren, die beiden ungleichen Leut', da haben sie's Reden angefangen über die zeitliche und ewige Wirkung des Fluchens.

Solange der Gotthardl bei diesem Bauern war, mußte er oft auch nach Passau fahren, und das war damals eine Tagesreise. Zeitig in der Früh' ist er weggefahren und spät nachts heimgekommen, und da konnte man die Fuhrleute sitzen sehen in der »Hundsreibn« mit den Wegzollzetteln am Hut und der Geißl zwischen den Knien, wie sich sich eine Maß Bier und eine Brotzeit haben schmecken lassen. Aber recht prall war die alte Tabaksbladern nicht, die der Gotthardl als Geldbeutel benützt hat, und so ist es oft vorgekommen, daß der Rosser den ganzen Tag keine Labung gehabt hat – den Pferden aber hat er nichts fehlen lassen.

Einmal aber führt mit dem Gotthardl der Hansegl mit, der kleine Knecht, weil besonders schwer aufgeladen war und der Bauer gemeint hat, es wäre besser, wenn einer mehr dabei ist, wenn ein Rad ablaufen täte oder die Lawid bricht. Da fahren sie also dahin, Passau zu, und es hungert sie recht, die beiden Schlehreuther Knechte. Einen Blangerer haben sie gekriegt, wie sie neben der Straße die Rübenfelder sehen. Damals hat man drei Sorten Rüben angebaut, und wie die beschaffen waren, das kann man leicht aus dem Vers ersehen, der den Buben vorgebetet worden ist: »Buam, geht's ma net i'd Ruam, vo den weißen kriagts es Scheißen, vo de schwoazn kriegts es Pfoatzen und die gelm, de mog i selm!« Solche gelben Krautrüben haben neben der Straße im Acker gestanden, saftig, kräuterig duftend, weich wie Butter, grad recht zu einem Scherz Brot. Aber wie nun an die Rüben kommen? Denn da haben Weiber im Acker gearbeitet, und die schauten her zum Fuhrwerk und zu den beiden Knechten und haben miteinander gelacht.

Der Hansegl aber hat sich zu helfen gewußt, sagt zum Gotthardl, jetzt hobst staad, schau garnet hin zu den Weibern, tu grad so, als wenn sie gar net da wären, und derweil er so redet, steigt er schon ab, geht ein paar Schritte in den Rübenacker hinein, fängt an, die Hosenträger abzustreifen und tut so, als ob er auch die Hose herunterläßt. Und schreit laut zum Gotthardl zurück: »Sakra, jetzt ist mir abers Scheißen notwendig...« Und was sag ich euch, die Weiber im Rübenacker sehen das, juchezn und schreien und rennen davon...

Der Hansegl aber sucht sich ein paar schöne Rüben aus und geht mit ihnen zum Wagen zurück, wobei er sich die Hosenträger wieder aufstreift. Und dann sind sie weitergefahren, die beiden Fuhrleute aus Schlehreuth und haben gemütlich die Krautrüben verzehrt, mit ihrem Stilett schön aufgeschnitten und ein Bauernbrot dazu gegessen.

Noch öfter hat der Gotthardl dieses Stückl gespielt und jedesmal die Weiber zum Rennen gebracht, denn g'schamiger waren s' schon damals ... Ob aber auch nachts, wenn die Burschen ans Kammerfenster gekommen sind, wer weiß?

I bin do net narrisch und scheiß i'd Kircha eini,
wenn draus aa nu Platz is

Die Schlehreuther

Der Hanessen war der Onkel vom Schuster Franzl, der in Schlehreuth in der Gassen gleich hinter der Kirche wohnt, weil er der Mesner ist. Ein Schübel Kinder sind in der Stube umeinandergekugelt, und der Onkel hat's Bleiben gehabt, weil er der Bruder ist vom alten Schuster – jetzt wißt's alles.

Der Hanessen ist ein braver Mann gewesen, hat mit niemandem gestritten und ist immer in die Meß' gegangen; bloß mit dem Weihbrunn hat er ein bißl gesponnen. Er hat sooft ins Weihbrunnhaferl 'neig'langt, wie er vorbeigekommen ist und die Kinder geschimpft, weil sie's nicht auch so machen. Aber der Mesner hat gemeint, einmal am Tag tut's es auch, und man muß nie nix übertreiben auf dieser Welt. Der Hanessen ist aber nicht zum Abbringen gewesen von seinem Weihwasserschlenzen, und abends, wenn er aus der Stuben hinaus ist, eh daß er ins Bett geht, hat er nochmal kräftig 'neig'langt in' Weihbrunn.

Und sich geärgert, daß es die Schusterischen nicht auch so machen. Aber an einem Abend kommt der Martei, der hat immer eine Flasche Selbergebrannten dabeigehabt, weil's ihn recht dürstet und er sich nicht um's Wasser bücken mag – sagt er. Wer kennt noch den Selbergebrannten? Geschmeckt hat er und gewärmt auch, aber gestunken wie dem Teufel sei' Werdahosn, weil beim Schwarzbrennen der Fusel nicht zum

Rausbringen ist. Gemütlich sinds beisammen gesessen, und ist auch weiter garnix gewesen, aber wie grad keiner von den Schusterischen in der Stube sitzt, schüttet der Kreuzhimmi, der Martei, das Weihwasserhaferl aus und tut was von seinem Selbergebrannten hinein.

Der Hanessen geht, wie es Zeit wird, samt seiner Pfeife hinaus, faßt in den Weihbrunn, macht's Kreuz und dimmelt die Stiege hinauf. In der Frühe, wie er herunterkommt, stinkt er nach Fusel wie die Schenke vom Bruckwirt, und alle am Tisch schauen ihn an mit großen Augen und sagen: »Aber Ooonkel ...« Die Schusterin rennt hinauf und wirft dem Hanessen das Bett um, weil sie denkt, daß er eine Flasche unter der Matratze hat, und der Hanessen sitzt am Tisch und versucht, daß er an seinem eigenen Gesicht riechen kann. Dann aber sind die Schusterischen draufgekommen, wo er den Geruch herhat, und was glaubt ihr, was der Hanessen zum Schuster, seinem Weib und den Kindern gesagt hat? »Da segts amoi wieda, daß ihr vorm Bettgeh net in n' Weihbrunn einiglangt habts ...«

Deswegen hat aber der Hanessen nicht mit dem Saufen angefangen und die Krawittweiber nicht mit dem Streiten und Raufen aufgehört. Die beiden Zuchteln lebten in einem Häuserl ganz am Rande von Schlehreuth, Schwestern warens, aber nix von wegen christlicher Liebe und Demut. Gestritten haben's wie die Märzkater, und dabei haben sie nicht mit Worten vorlieb genommen, sondern sind sich in die Haare und an die Nasen gefahren. Derweil haben sie einen alten Vater daheimgehabt, der nicht mehr gehen hat können und der allweil im Stuhl gesessen ist, im Sommer am Fenster, im Winter beim Ofen. »Mescha, Mescha, hengts!« hat er immer geachezt, der alte Krawitter, aber d' Mescha haben nicht g'hengt.

Streiten also einmal wieder, wer weiß um was, vielleicht um den Germteig oder den Milchseiher. Zuerst schreien s' wie nicht gescheit, und dann hauen sie zu und poltern durch die Stube. Kommen dabei dem Vater zu nah, stoßen ihn um, und der alte Krawitter fällt samt seinem Sessel auf die Stubnbruck. Jetzt die zwei Mescha, was tun's? Hören das Streiten auf, rennen zum Vater hin, richten ihn auf, putzen ihn ab, schauen ihm ins Gesicht, ob er noch ganz ist, setzen ihn wieder in seinen Sessel, rücken ihm das Kissen zurecht im Kreuz – und raufen weiter!

Die Schlehreuther sind praktische Leute, ganz besonders pfiffig aber war der Hansnhias, der wo recht gern zu den Dirndln ans Fenster gegangen ist. Damit er keine Zeit verliert, man weiß nicht, ob vorher oder nachher, wenn er rennen muß, hat er sich immer schon am Boden herunten ausgezogen, hat das G'wand hinter einem Holzhaufen versteckt und ist in der Unterhose die Leiter hinauf. Die Schlehreuther Burschen haben gemeint, sie tun ihm einmal was an, haben ihn abgepaßt und ihm das G'wand versteckt. Wie das zum erstenmal passiert ist, hat der Hanshias gescholten und ist in der Unterhosen heim und hat anderntags lange nach seinen Sachen gesucht. Aber wie er das nächste Mal wieder kommt ans Fenster von seiner Zenzi und die Burschen ihm wieder auflauern, da haben sie doch Augen und

Maul aufgerissen. Kommt der Hansnshias daher mit der Leiter auf der Irxn und nix anderes an als ein winzigs Höserl, grad so wie eine gute Rede – kurz, aber das Wesentliche umschließend …

In Schlehreuth, dieser kleinen, aber runden Welt, hat auch der Matheis gelebt; der ist ein Zusprecher gewesen. Damals war es recht einschichtig drunten im Wald, kaum daß der Viehdoktor hinterkommt, der Pfarrer fast nie und der Arzt immer erst, wenn nichts mehr zu helfen war. Da hat der Matheis mit seiner Zusprecherei viel Arbeit gehabt. Liegt da jemand im Sterben auf einem einsamen Hof, kommt er daher mit seinen Böhmschuhen, stellt sie draußen hin, setzt sich zum Bett, redet und betet und hilft den Leuten hinüber.

Einmal kommt er zu der Marie, die schon lange liegerhaftig gewesen ist und jetzt sterben sollte. Finster war's, und nur eine kleine Petroleumlampe hat auf dem Nachtkastl gebrannt. Der Matheis hat gebetet und gebrummt und die Lampe hat geraucht. Ein paarmal hat er's mit Putzen probiert, aber lang hilft's nicht, und dem Zusprecher seine Augen haben das Wassern angefangen und gehustet hat er auch. Da ist's ihm auf einmal zu dumm gworden und er hat gesagt: »Du, Marie, wennst net bald stirbst, na geh i …«.

Unterhalb Schlehreuth liegt im Tal die Ortschaft Hansenstein, und dazwischen ist eine steile Leite, die man kaum gehweis packen kann, so schnauft man. Und der Weg, der hinunter (oder hinauf, wie ihr's wollt) geführt hat, der war nur aus Versehen so getauft. Steil war er natürlich, dazu aber noch steinig, voller Gliaßen und Reiben, und wer dort fahren wollt, der hat sich auf was gefaßt machen müssen. Die Rösser haben oft gerastet, schwer auflegen hast' auch nicht dürfen, und daß dir die Lawid bricht, war auch ganz normal. Aber fahren hat man schon können, da gibt's nix!

Der Luger von Hansenstein hat einen neuen Wagen gebraucht und ist hinauf nach Schlehreuth und hat dem Wagner das Wagerl angeschafft. Und wie es auf Micheli fertig war, ist er wieder heroben gewesen und steht jetzt vor der Aufgabe, wie er das Gefährt hinunterbringt ins Tal. Spekuliert also und kratzt sich am Kopf, und dann zerlegt er den neuen Wagen in seine Einzelteile und trägt ihn bucklkraxn hinunter über die Leiten. Steigt hinauf und hinab, hinauf und hinab, wie oft, hat er nicht gezählt, und die Schlehreuther stehen dabei und staunen. Geschwitzt hat der Luger und gedampft und gescholten wie zehn Höllenteufel. Die Schlehreuther haben ihm gemütlich zugeschaut wie er seinen Wagen kleinweis hinunterschafft ins Tal. Und beim letztenmal, wie er die Waagscheitl nachträgt, sagen sie zu ihm: »He, Luaga, warum hast denn dein Wagen net gmütli abirolln lassen und netta d' Schleif einita?«

Da hat er g'schaut, der Luger, aber noch mehr, wenn's später im Wirtshaus zu ihm gesagt haben: »He, Luaga, mir hätten ebbs zum obitrogn auf Hansenstoa ...«

Dort drunten war übrigens auch ein Wirtshaus, das dem alten Kornexl gehört hat, Gott hab ihn selig, ein braver Mann ist's gewesen und seine gebackenen Fische so berühmt, daß die Leute von weitherum gekommen sind. Aber nahe bei der Grenze war's halt, das Wirtshaus und der Hof, der dazugehört hat, und so sind halt auch die Grenzer seit ewigen Zeiten beim Kornexl daheimgewesen. Sind gut ausgekommen miteinander, die Grenzer und der Kornexl, weil die Beamten immer dürscht, und bezahlt haben sie auch, was sie gesoffen haben ... Aber eines hat dem Kornexl nie nicht gepaßt, und das war, daß die Grenzer immer zu ihm in die Streu gekrochen sind zum Schlafen, wenn dem Kommissar seine Kontrolle vorbei war. Und wie ihm das einmal zu dumm war, da sagte der alte Kornexl (soll er ruhen in Frieden!) ganz laut in der Gaststube: »I woaß ma nimmer zum helfen, a jeds mal, wenn i d' Krei einihau i'd Straa, na fallt a Grenzer außa!«

Und in Schlehreuth ist's auch gewesen, daß ein Bauer mit seinem Bulldog und dem Faßl hintendran hinausgefahren ist zum Odeln und ganz kommod von seinem Sitz aus die Schleuder am Odelfaß hat aufmachen können – so ein moderner Bauer! Und auch ein Telefon hat er gehabt, und da passiert es ihm, wie er wieder einmal mit dem leeren Faßl in den Hof hineinfährt, daß die Bäuerin schreit: »Bauer, zan Telefoooo!«. Er geht hinein, redet a G'setzl, hockt sich dann hin zu der Brotzeit, geht wieder hinaus, knockt sich auf seinen Bulldog, fährt auf den Acker und vergißt, daß er gar nicht wieder gefüllt hat. Dreht da seine Runden mit dem leeren Faßl, pfeift dabei gemütlich und wundert sich nur, daß die Nachbarn alle stehenbleiben, zu ihm herschauen und lachen und deuten.

Machst leicht a Probefahrt? fragen sie ihn dann, und

da erst wird er inn', daß er die ganze Zeit das leere Odelfaß herumkutschiert hat. »Da Laara« habens ihn genannt und den Kindern in der Schule haben sie nachgeschrien: »Rinnt enk d' Mistgruam no net üba?«

Besonders christlich sind sie gerade nicht bei uns, aber wem sag ich das?

Verheirat' deine Buben, wenn'st magst und deine Dirndln, wenn'st kannst

Zum dumm daherred'n is koana z'dürr

D' Hofwies

In Schlehreuth steht die Flurbereinigung vor der Tür, die Nachbarn in Wildmoos haben sie schon gehabt, und um's richtig zu verstehen, muß man wissen, daß sich die Schlehreuther und die Wildmooser nicht schmecken können seit langer Zeit. Und geht einmal ein Wildmooser Bursch zu einem Schlehreuther Dirndl, dann stebeln's ihn heim, will heißen, ein Hagelunwetter »aus handlich für den Küchenofen hergeschlagenen Baumästen« treibt ihn davon. Aber die Schlehreuther trauen sich gleich gar nicht nach Wildmoos, weil's dort einmal einen gestochen haben.

Davon hat allerdings der Herr Flurbereinigungsbeamte nichts gewußt, den sie aus Landau an der Isar geschickt haben, damit er den Schlehreuthern die Flurbereinigung schmackhaft macht.

Im Wirtshaus »Wildschütz« ist die Gaststube 'taucht voll gewesen, und geraucht haben s' wie die 'brochan Öfen und der Herr Oberkulturbaurat hat geredet und gehustet und geschwitzt. Alles hat er recht schön ausgedeutscht – daß es 85 Prozent Zuschuß gibt, daß dieser Betrag von den Bauern abgearbeitet werden kann und daß sie eine ordentliche Vorstandschaft bilden und selber bestimmen dürfen, wo eine Straße gebaut wird und was sonst halt noch alles so anfällt in der Flurbereinigung.

Eine Anhörung gibt's und Rechtsmittel gegen Entscheidungen, gleich dreimal gefragt werden s' alle miteinander und 'grad demokratisch ist's und keiner braucht sich nicht fürchten ...

Und weil er das nicht gewußt hat von den Wildmoosern und den Schlehreuthern, hat er ihnen die Nachbarn als Vorbild hingestellt und gesagt, wie gut sie es machen – aber da ist er selber schnell draufgekommen, daß was nicht stimmt.

Weil's nämlich auf einmal so still geworden ist in der Wirtsstub'n und ein paar Schlehreuther sich recht 'gräuspert haben und nach den Maßkrügen g'langt, als wenn sie's werfen wollten.

»Sag besser nix vo Wildmoos, Herr Beamter!« hat der Bürgermeister dem Oberkulturbaurat zugeflüstert, und der hat's auch gleich kapiert und hat wieder angefangen von den großen Vorteilen, die wo sie haben werden, wenn's endlich richtige Wege kriegen auf ihre Felder und die, eh' nicht größer wie eine doppeltürige Hundshüttn, zusammengelegt werden und die Raine samt den Steinen wegkommen.

Kaum hört er mit dem Reden auf, hört man die Maxin von hinten herschreien: »Aber des sag i da, mei Hofwies laß i mir net nehma!«

»Gute Frau«, sagt der Flurbereiniger,« gar keine Rede von der Hofwiese, ich hab's ja schon erklärt, was unmittelbar an Ihren Hof anschließt, wird gar nicht in die Flurbereinigung einbezogen, das behalten Sie selbstverständlich!«

»So!« schreit die Maxin wieder und wird ganz rot im

Gesicht »des sag i enk und dir aa, du, mei Hofwies laß i mir net nehma!«

»Aber hören Sie mir doch zu, liebe Frau«, fängt der von Landau wieder an und trocknet sich's Gesicht mit dem Sacktüchl, »von Ihrer Hofwiese ist doch gar nicht die Rede, wir legen die kleinen und verstreuten Grundstücke zusammen zu größeren, die Sie dann besser bewirtschaften können und Flurwege bauen wir auch ...«

»Naa, nixda, heng amoi!« schreit die Maxin wieder, geht ein paar Schritte vor und pfaust wie der Igel im Birn'haufen,« i laß mir mei Hofwies net nehma, des sag i dir und wer mir d' Hofwies nimmt, den daschlag i!«

Scheint's hat die Maxin den Leuten aus dem Herzen gesprochen, denn da fängt ein Volksgemurmel an, und man hört recht deutlicht heraus: Recht hat s', die Hofwies soll man sich nicht nehmen lassen und wir lassen s' uns auch nicht nehmen!

Da hat der Herr Flurbereinigungsbeamte ganz desperat zu mir hergeschaut und hat die Schultern geschutzt.

»Geben Sie's auf«, hab' ich ihm zugeraunt, »Sie kennen die Leut' nicht. Alles nehmen's hin, Krieg und Revolution und Diktatur und Steuern und ob's eine Pressefreiheit gibt, ist ihnen wurscht, aber die Hofwies lassen s' sich nicht nehmen. Das hat nicht einmal der Hitler probiert ...

Da hat der Herr Oberkulturbaurat auf seinen Stockzähnen gegrinst und hat sich hingesetzt und den Bürgermeister abstimmen lassen im »Wildschütz« drin z'

Schlehreuht, und was sag ich euch, für die Flurbereinigung waren 13 Prozent und 87 dagegen. Da hat der Staat aufgegeben, und der Beamte war vergeblich da, keine Flurbereinigung haben s' gekriegt und die Nachbarn haben 's Geld eingeschoben, das schon für Schlehreuth eingeplant war. Aber d' Maxin hat ihre Hofwies heut noch, auch wenn sie's mit der Sense mäht und die Kühe den Graswagen nur mühsam heimziehen ...

Wenn d' Arbeit sterm daad, na gebert's den größten Leichgang

DER AUTOR

Diplom-Finanzwirt und Redakteur Volker Stutzer stammt aus der Marktgemeinde Untergriesbach im südlichen Bayerischen Wald, wo er am 9. Dezember 1927 geboren wurde und noch heute wohnt. In ländlicher Umgebung mit seinen Geschwistern aufgewachsen, erlebte und beobachtete er früh Welt und Leben um sich herum, und eine Frucht davon sind die hier vorgelegten »Neuen Schlehreuther Geschichten«. Ihre Vorgängerinnen, in 3. Auflage nun vergriffen, fanden viele Freunde seiner humorvollen, oft sozialkritischen Schilderungskunst, die gelegentlich ans Bizarre streift, aber stets menschlich bleibt.

Volker Stutzer kam viel herum, nach dem Besuch der Oberschulen Passau und Deggendorf kämpfte er als 17jähriger Fallschirmjäger an der Ostfront, kam verwundet in Kriegsgefangenschaft und arbeitete in den Nachkriegsjahren u. a. als Bauernknecht, Bäcker und Besenbinder. Er gehörte lange der Bundeszollverwaltung an, wechselte jedoch 1964 als Lokalredakteur zur Heimatzeitung »Passauer Neue Presse«, bei der er zuletzt als Redaktionsleiter in Untergriesbach wirkte. Seine Arbeit als Journalist und Fotograf, sein kommunalpolitisches Engagement und der Einsatz für Heimat, Umwelt und Menschen, oft scharfzüngig vorgetragen, fanden öffentliche Anerkennung. Volker Stutzer wurde 1982 mit dem »Theodor-Wolff-Preis für hervorragende journalistische Leistungen« ausgezeichnet, 1979 erhielt er das Bundesverdienstkreuz, 1989 verlieh ihm seine Heimatgemeinde Untergriesbach die Ehrenbürgerwürde. Mehrere Gemeinden, Vereine und Institutionen seines journalistischen Wirkungsbereiches verliehen ihm Ehrenbriefe oder Ehrenmitgliedschaften. Das Bayerische Staatsarchiv und der Landkreis Passau beriefen ihn zum Kreisarchivpfleger. Der Sicherung und Bewahrung des heimischen Kulturgutes widmet er sich seit Jahrzehnten. Volker Stutzer unternahm Reisen in Europa und durch Australien, Thailand, Indien und Ägypten, er gründete die »Gesellschaft der Freunde Indiens« und fördert dort die schulische Ausbildung unbemittelter Kinder. Er ist verheiratet, hat eine Tochter und einen Enkel.